광풍
제월

만상조 新무협 판타지 소설

광풍제월 4

만상조 新무협 판타지 소설

초판 1쇄 찍은 날 § 2015년 12월 14일
초판 1쇄 펴낸 날 § 2015년 12월 21일

지은이 § 만상조
펴낸이 § 서경석

편집책임 § 김현미

펴낸곳 § 도서출판 청어람
등록번호 § 제387-1999-000006호
등록일자 § 1999. 5. 31
어람번호 § 제2-2619호

주소 § 경기도 부천시 원미구 부일로 483번길 40 서경B/D 3F (우) 14640
전화 § 032-656-4452 팩스 § 032-656-4453
http://www.chungeoram.com
E-mail § chungeorambook@daum.net

ⓒ 만상조, 2015

ISBN 979-11-04-90560-5 04810
ISBN 979-11-04-90462-2 (세트)

광풍
제월

風
月

만상조 新무협 판타지 소설

FANTASTIC ORIENTAL HEROES

4

도서출판 청람

光風霽月

광풍
제월

目次

第一章
정보

소하는 주변을 두리번거리며 돌아보았다.

아미파의 여승들이 묵는 곳은 영화루나 근처의 객잔과 같이 화려하지 않고, 오히려 누추하다 할 정도로 허름한 곳이었다.

"뭐가 그리 신경 쓰이느냐?"

구영사태는 소하가 계속 두리번대는 것에 툭 말을 던졌다.

"이 근처는 와본 적이 없어서요."

"하긴, 하오문과 관련되어 있다면 영화루처럼 호화로운 곳에 있었겠구나."

뒤쪽에서 운요는 조금 머쓱한 표정을 지었다. 자소연과 이설도 마찬가지였다. 두 사람은 특히 앞을 바라보며 눈을 믿지 못하겠다는 듯 계속 눈망울을 이리저리 굴릴 뿐이었다.

"불가(佛家)에 속한 자들이 탐귀(貪貴)할 필요는 없지."

"밥은 맛있나요?"

"그래. 제법 맛있어서 늘 이곳에 들른다."

급기야 보다 못한 이설이 운요를 쳐다보았다. 지금 자신이 이상한 건지 묻고 싶어서였다.

하지만 말을 꺼낸 것은 자소연이 먼저였다.

"사, 사태께서 저리……?"

구영사태라 하면 무림의 드높은 문파들 중 아미의 장문인을 맡고 있는 여걸(女傑)이다.

그녀는 늘 독하고 무시무시한 모습을 모두에게 보여 왔기에, 소하와 아무렇지 않게 대화를 나누는 모습이 자소연에게도 엄청나게 어색했던 것이다.

'이상하게도 친해 보이는군.'

구영사태에게서 전해지는 건 명백한 호의였다. 그들이 어찌 되든 상관하지 않아도 무방하건대, 굳이 모두와 함께 산을 내려왔다. 그렇기에 천회맹도 소하 일행의 손끝 하나 건드리지 못한 것이고 말이다.

'뭐지?'

운요도 의문을 품을 수밖에 없었다.

"너는 약을 가져오고 나머지는 들어가 쉬도록 해라."

"예, 사태."

모두가 흩어진다. 일단 객잔의 점소이들에게 일접영을 맡긴 이설은 조심스럽게 입을 열었다.

"무, 무림말학이 아미의 구영사태를 뵙니다."

"그런 말은 넣어두어라. 일단 그자의 상태를 보도록 하고, 우리 아이가 약을 가져올 터이니 알맞게 처치해라."

"네, 알겠습니다."

이설은 몇 번이고 고개를 조아리다 물러섰다. 그리고 구영 사태의 눈이 닿은 곳은 소하와 운요가 서 있는 장소였다.

"비홍청운. 녹슬지 않았더구나."

"…제 기량이 모자랍니다."

운요의 답에 구영사태는 냉막한 표정에 희미한 미소를 보였다.

"알고 있다니 다행이군. 발디딤과 연계를 더 탐구하도록 해라. 청성검공은 좀 더 유려(流麗)하면서도 광활(廣闊)해야만 한다."

"선배님의 조언에 감사드립니다."

운요가 포권하며 고개를 숙이자, 구영사태는 소하에게로 눈을 돌렸다.

"너와는 개인적으로 이야기하고 싶구나. 어차피 하오문 쪽에서도 이 상황을 처리하고 싶어 할 테니… 시간을 내거라."

운요가 물러선 뒤, 구영사태는 자신의 방으로 소하를 데리고 들어갔다. 무거운 소리와 함께 문이 닫히자, 그녀는 의자에 앉으며 입을 열었다.

"궤에 욕심이 나지는 않더냐."

"네."

즉답이었다. 구영사태는 피식 웃음을 흘렸다.

"어째서지?"

"제 것이 아니니까요."

소하는 당연하다는 생각을 했다. 아무리 남의 것이 탐난다고 해도, 이렇게 사람들을 죽이면서까지 얻어야 할 필요를 느끼지 못했다.

"무림인들은 궤에 많은 것을 담았다. 자신의 소망, 그리고 추악한 욕심까지."

상관휘의 모습이 떠올랐다. 그는 분명 강했다. 그럼에도 그는 묵궤에 들어 있을 무공을 원하고 있었다.

"척위현, 그 작자는 아마 그런 걸 비웃고 싶었던 것이겠지."

"척 할아… 아니, 그분을 아시나요?"

"모를 수가 없지. 천하오절은 나와 함께 싸웠던 자들이니까."

구영사태는 천하오절과 동배(同配)의 인물이다. 소하는 그 말을 듣자 문득 신기한 기분이 들었다.

"그런데 엄청 젊으시네요?"

구영사태의 눈이 순간 동그랗게 변했다. 생각지도 못한 말에 그녀는 잠시 큭 하고 웃음을 흘리다 중얼거렸다.

"본 파의 무공에는 주안공(朱顔功)의 효능이 있지. 그래서일 게다."

무공을 익히면 얼굴이 젊어진다? 소하는 사십 대 정도의 얼굴을 유지하고 있는 구영사태가 신기할 수밖에 없었다.

"그래, 그럼……."

그녀의 눈이 일순 날카로워졌다.

"너는 척위현과 무슨 관계지?"

분위기가 굳어졌다.

소하는 내심 예상하던 질문이 나오자 후우 하고 길게 한숨을 내뱉었다. 어차피 구영사태의 앞에서 거짓을 말해봤자 금방 들킬 성 싶었고, 자신들을 구해준 그녀에게 예가 아닌 것만 같았다.

"스승님이십니다."

"헛소리. 만박자가 제자를 받을 정도로 성격이 좋은 놈이었다면 지금도 살아서 멀쩡하게 걸어 다니고 있을 게다."

구영사태가 숨기고 있던 차디찬 목소리가 비수처럼 쏘아 박혔다. 그녀는 소하의 출신(出身)에 대해 근본적인 의문을 품고 있었다.

그러나.

콰아앗!

소하의 몸에서 솟아나는 노란 기운.

"천양진기······."

구영사태는 순간 입을 다물지 못했다. 마치 홀린 듯, 그 빛을 바라보던 그녀의 손이 멍하니 앞으로 향했던 것이다.

그러나 그녀는 그것을 붙잡지 않았다. 조용히 향하던 손을 내려놓은 구영사태는 이해가 되지 않는다는 듯 말을 이었다.

"그랬군."

망연한 목소리가 흘렀다.

"그래서 그 궤가 반응했던 건가."

묵궤는 한철로 만들어져, 강한 힘을 가해도 부서지지 않는다고 했다. 척위현과 같은 자라면, 천양진기를 사용하는 자에게만 그 궤를 허락했을 가능성이 있다.

그렇기에 소하는 묵궤를 악력만으로 부술 수 있었던 것이다.

"그는 시천마와 싸운 뒤 사라졌다. 네가 태어나기도 전의 일일 텐데?"

"그곳에서 배웠어요."

구영사태의 눈이 일그러졌다.

"살아 있느냐?"

이것이었다.

구영사태가 자신들을 구해준 이유.

숨기고 숨겼던 그녀의 본심이 아주 잠깐 드러난 순간이었다.

소하가 입술을 꾹 깨무는 것에 구영사태는 작게 한숨을 내뱉었다.

"그래. 그렇다 해도 생각보다 오래 살았군. 망나니 같은 놈… 언젠가 아무도 모르는 곳에서 객사할 줄 알았지."

그녀는 눈을 돌리며 중얼거렸다.

"너는 무림맹에 의해 구출받은 게 아닌 모양이구나?"

소하는 그것에 관해 짤막하게 이야기를 해주었다. 물론 네 노인의 이야기는 최대한 아끼려 했다. 그녀에게 그들의 이야기를 전부 풀어놓을 필요는 없다는 생각에서였다.

하지만 그녀의 눈.

차가운 표정으로 가려두었음에도 알 수 없는 감정이 희미하게 떠도는 그 눈에는, 애틋한 그리움이 묻어 있었다.

"예전부터 그랬지. 그자는 그냥 제 하고 싶은 대로 살던 놈이었어."

"척 할아버지와… 잘 아시는 사이셨군요."

구영사태의 입가에 웃음이 걸렸다. 과거를 회상하자, 마치 그때의 일들이 찬란하게 떠오르는 것만 같았다.

"그렇지. 구대문파라고 해도… 나는 자유롭고 싶었다, 그자처럼."

구영사태는 아미의 무인이었던 시절, 처음 그를 만나고 많이 당혹스러웠다고 한다. 당시의 무림에서도 척위현만큼 누구에게도 속하지 않으며 제멋대로 구는 자는 없었으니 말이다.

"무당의 도사가 훈계를 하다가 얻어맞고 나자빠졌을 때, 솔직히 나는 속이 다 시원해지는 기분이었지."

아미의 계율(戒律)은 엄하다. 아미파는 무림에서 자신들의 입지를 바로 세우기 위해 여승들을 더욱 완고하게 몰아세웠고, 그 결과 수많은 검재(劍才)가 배출되었다.

구영사태도 그와 같았다. 그녀는 아미의 장문인에게 직접 비전을 사사받고, 모두의 총애를 받는 아미의 희망과도 같은 존재였다.

"나는 그자에게 다짜고짜 물었었다. 어째서 그렇게 행동할 수 있냐고. 뒷일이 두렵지 않냐고 말이다."

정말 척위현은 그 가공할 재능이 아니었다면, 날카로운 성격 탓에 진작 다른 이에게 공격받아 죽고 말았을 것이다.

그녀가 건넨 물음에 당시의 척위현은 오히려 구영사태가 이상하다는 듯 고개를 갸웃거렸다고 한다.

"그런 걸 생각했으면 바깥에는 왜 나다니는 거지? 넘어져서 죽을 수도 있는 게 아닌가?"

'척 할아버지답네.'

소하는 내심 웃음이 번졌다. 아무래도 척 노인의 성격은 젊을 때도 그대로였던 모양이다.

아무튼, 그러한 답을 들은 구영사태는 멍해질 수밖에 없었다고 한다. 콧방귀를 뀌며 휘적휘적 걸어 나가는 척위현의 모습은 그녀에게 있어 경악과도 같았던 것이다.

"그 후부터 나는 그를 주시했었지."

그는 무림의 각종 사건들에 항상 끼어 있었다.

워낙 말썽을 좋아하는 성격 탓일지도 모르지만, 만날 때마다 그는 더욱 강해져 있었다. 무공광이라 불릴 만큼 무공에 대한 열정이 남달랐던 그는 타인의 무공을 자신의 것으로 새로이 흡수해 고칠 정도로 뛰어난 재능을 가지고 있었던 것이다.

시간이 흐르자 세상은 그의 진가를 알아보았다. 당시 무림에 척위현만큼 여러 무공에 대한 이해도가 높은 자는 아무도 없었다.

"만박자… 이 무림에서 누구보다도 그에게 가장 어울리는 무명이라고 할 수 있었지."

그러나 그는 사라졌다.

시천월교의 동란. 본색을 드러낸 시천마가 수십의 무인을 죽이고 구대문파를 멸문시키려 들 때, 구영사태는 자신 역시 나서려 했다.

천하오절의 넷이 시천마에게 반기를 들고 일어났다는 말을 들었기 때문이다. 그러나 아미파에서는 당파의 미래를 책임질 그녀를 헛되이 죽게 만들 수는 없었다.

"나는 나가지 못했다. 봉문한 사문의 안에서 그저 빌 수밖에 없었지."

그러나 모든 것이 끝났을 때, 시천월교는 승리를 선포했다. 불가의 문파들은 봉문했지만 결국 입지를 잃었고, 격렬히 저항했던 자들은 수많은 고수와 비급을 잃었다.

그리고 천하오절은 사라졌다.

시천마 한 명에게 모두가 패배했던 것이다.

"가족과 행복하길 바랐었거늘."

구영사태는 쓴웃음을 지을 뿐이었다.

소하는 그녀를 빤히 바라보았다. 살짝 주름이 진 이마, 그리고 수심(愁心)에 어려 있는 눈. 그녀는 진심으로 척 노인의 죽음을 슬퍼하고 있었다.

"감사합니다."

"무엇이 말이냐?"

구영사태의 물음에, 소하는 씩 웃음을 지었다.

"척 할아버지께서 무림의 사람들에 관해서 이야기해 주실 때가 있었어요."

수련이 격해서 소하가 버티지를 못했거나, 다른 일들 때문에 쉬는 시간이 길어질 때였다. 그 틈을 타 소하가 무림의 이야기를 해달라고 하면, 척 노인은 귀찮다는 듯 머리를 긁적거리며 말을 꺼냈었다.

"흠, 대부분이 쓸모없는 놈들이라 기억에 남는 자가 없군."

특히 소하는 이전에 형인 운현에게 이야기를 들었던 구대문파에 관심이 많았다.

척 노인은 자기가 기억하고 싶은 것만 기억하는 성격인지라 애로사항이 많았지만, 한 가지는 확실했다.

"아미에는 좋은 검수(劍手)가 있지. 난피풍검은 나중에 꼭 견식해 봐라. 쾌검(快劍)에 중(重)의 묘리를 가미하는 건 힘든 일이야. 더군다나……."

구영사태의 눈이 조금 커졌다.

"거기 있는 여자 중에, 꽤 좋은 여자가 한 명 있었지. 아마도 지금쯤이면 대단한 고수가 되어 있을 게다. 훌륭했거든."

"남을 칭찬하는 일이 엄청 드문 분이어서, 기억하고 있었어요."

"허."

구영사태는 헛웃음을 흘렸다.

이 기분을 감추기 위해, 그녀는 고개를 슬쩍 비틀어 내리며 입술을 떼었다 닫았다.

"흰소리가 늘었군. 나이를 먹어서 그런 거겠지."

잠시 침묵하던 구영사태는 이윽고 뒤쪽에서 소리가 들리는 것을 느꼈다. 일접영이 깨어난 것에 이설이 다급하게 문을 여는 소리였다.

"의식을 찾았나 보군. 가보거라."

"네."

소하가 방을 나서자, 구영사태는 살짝 숨을 내뱉었다. 마치 흔들리는 땅 위에 서 있는 듯했다. 속이 울렁거린다.

"이 빌어먹을 놈."

그녀는 씁쓸하게 중얼거렸다.

"네 눈으로 직접 봤어야지."

*　　　　*　　　　*

하오문도들이 지키고 있는 방으로 들어서자, 그곳에는 물에 적신 천을 든 이설과 일접영의 모습이 보였다.

"생각보다 빨리 왔네."

운요에게 씩 웃어준 소하는 자리에 앉으며 일접영을 바라보았다. 그는 상체를 천으로 싸맨 채 핏물을 닦아내고 있는 중이었다.

"…어리군."

일접영은 소하를 보자마자 그러한 생각이 들었다.

마치 아까 전, 그 고수들과 치열한 싸움을 벌이던 사람과 같은 인물인가 의문이 들 정도였다. 그는 이설에게 천을 받아 자신의 옆구리에 난 상처를 닦으며 말을 이었다.

"왜 나를 구했지?"

"아까 대답했었던 것 같은데요."

일접영의 얼굴은 수염과 각종 얼룩들로 인해 제대로 표정을 분간할 수 없었다. 그저 충혈된 두 눈이 일그러지는 것만이 보일 뿐이었다.

"믿지 않는다."

일접영에게 있어 소하의 행동은 미친 사람이나 할 법한 짓이었다. 무림맹을 이어 젊은 신진(新進)의 모임인 천회맹을 방해하고, 고강한 서장무림의 무인과 맞붙은 것이, 고작 하오문도 한 명의 부탁을 들어주기 위해서였다는 건가?

"소협의 말이 맞다."

문이 열린다.

일접영과 이설은 나타난 인물에 놀랄 수밖에 없었다.

"염노."

그는 담뱃대를 문 채, 화려한 적의(赤衣)를 걸치고 있었다.

"나도 이유를 듣고 어이가 없긴 했지만… 그 소협은 정말로 설아(雪兒)의 부탁을 듣고 그런 짓을 했단 거겠지."

일접영은 눈을 껌벅거릴 수밖에 없었다. 하오문의 가장 큰 지부인 사천 지부에 속한 염노까지도 소하를 알고 있다는 것인가? 그러나 일접영의 지식에 아까와 같은 무공을 사용하는 어린 고수는 없었다.

이설은 앉은 채로 꽉 주먹을 쥐었다.

일접영이 무사하단 사실을 다시금 느끼게 되자, 그녀의 두 눈에는 이미 눈물이 그렁그렁 매달려 있었다.

"뭐, 잘 해결됐으니 다행이죠."

소하의 말에 운요도 허탈하게 웃을 뿐이었다. 그렇게 생각한다면야 맞는 말이다. 하지만 일접영과 염노, 운요 역시 이후의 일들을 예상하고 있었다.

"보복(報復)을 당할 걸세."

일접영은 어두운 표정으로 그리 중얼거렸다.

소하는 천회맹의 행사를 막았다. 다른 누구도 아닌, 그저 비천한 출신의 하오문도를 살리기 위해서 말이다.

그런 것을 두고 보지 못하는 자들이 이 무림에는 널리고 널렸던 것이다.

"문제인가요?"

소하의 물음.

그것은 너무나도 순수했다.

염노는 이내 담뱃대에서 입을 떼며 뻐끔 연기를 뱉어냈다.

"그건 이쪽에서 책임지지. 적어도 당분간은… 소협에게 하오문이 할 수 있는 최대한의 정보를 제공하지."

"그럴 필요까지는……."

"받아줘."

이설의 목소리가 들렸다. 그녀는 눈물이 가득 찬 눈으로 소하를 빤히 바라보고 있었다.

"제발."

도리어 소하는 이럴 줄 몰랐다는 듯 두 명을 돌아볼 뿐이었다. 운요는 웃고 있을 뿐이고, 일접영은 입을 꾹 다문 채 침묵을 지키고 있었다.

"호의를 베풀 줄 안다면, 사람의 성의를 받을 줄도 알아야지."

운요가 웃차 소리를 내며 자리에서 일어섰다.

"서로 좋은 거니 받아둬."

당황스러웠지만 결국 수긍하는 수밖에 없었다.

염노는 품에서 종이 하나를 꺼내 내밀었다.

"이전 줬던 정보를 좀 더 자세히 적어두었네. 따로 여비(旅費)를 마련해 줄 테니, 그것도 가져가게나."

"감사합니다."

소하의 말에 염노는 씩 웃음을 지었다. 그는 평소 상대를 비웃거나 냉소(冷笑)만을 지어왔기에, 자신의 뺨이 조금 어색하단 느낌마저 들 정도였다.

"우리가 할 말일세."

이후 소하는 혹시 몰라 천양진기를 끌어올려 일접영의 몸에 소량의 양기를 주입해 주었다. 생명력을 끌어올려 주는 극양기가 있다면 상처 회복이 빠르기 때문이다.

누군가에게 내공으로 상처를 치료받아 본 적이 없던 일접영은 당황해 몸을 몇 번이나 꿈틀거리고 나서야 소하의 내공을 제대로 받아들였다.

이제까지 누군가의 공격을 통해서만 내공을 접했었기에 그는 어색함에 입술을 깨물 뿐이었다.

"어이가 없군."

소하가 밖으로 나간 뒤, 일접영은 하아 하고 길게 숨을 토했다. 옷을 갈아입고, 상처까지 치료하고 있지만 아직까지도 지금 자신이 살아 있는 게 맞는지, 죽어서 꿈을 꾸고 있는 건 아닌지 의심스러울 지경이었다.

"저자를 믿습니까?"

"눈으로 보았고, 행동으로 느꼈는데 무슨 답이 필요하겠나."

의심에 가득 차 있던 일접영은 염노의 즉답에 입을 꾹 다물 수밖에 없었다. 그 역시 어렴풋하게 느끼고 있었던 것이다.

절벽에서 떨어질 때, 소하는 궤와 자신이 동시에 떨어지는 순간 조금의 망설임도 없이 일접영을 구했다.

아무리 그가 가지고 있는 게 가짜 궤라고 해도, 두 개를 가지고 있는 게 적들을 기만하기에는 훨씬 유용했을 것이다.

"좋은 아이예요."

그 말을 남기며 이설은 고개를 푹 숙였다. 일접영은 그녀, 그리고 그녀가 소속된 호련이란 기관에서 교두(教頭)를 맡았던 인물이다.

언제 죽을지 모르는 길거리에서 자신을 구해준 것이 바로 일접영이었기에, 이설은 그의 죽음을 두고 볼 수 없었던 것이다.

"맹 쪽은 내 알아서 처리하겠네. 자네는 일단 쉬고 있게나."

"그리도 움직이지 않으시던 분이, 의외로군요."

늘 상대방이 허점을 보이기 전까지는 무겁게 자리를 지키는 게 당연했던 염노였다. 아니, 하오문도가 살아가기 위해서는 그럴 수밖에 없었다. 이 무림은 그들에게 호의를 보이지 않았다.

"이런 상황에서 내 어찌 그렇게 하겠나."

그러나 그는 담뱃대를 만지작거렸다.

이설도, 일접영도 그러했다. 가슴 안쪽에 마치 멍울이 생긴 양, 그것이 흔들리며 계속 고동을 보내는 것만 같았다.

"사람으로 대우를 받았는데."

염노는 피식 웃음을 흘렸다.

"나도 사람답게 행동해야지."

*　　　　*　　　　*

"운요야!"

소하와 운요가 밖으로 나왔을 때, 그곳에는 헐레벌떡 안으로 들어서는 연철이 있었다.

온통 땀범벅인 몸. 뒤에서는 수련이 미안하다는 표정으로 살짝 웃음을 짓고 있었다.

그를 몰래 따돌리고 움직였던 터라 운요는 잠시 난감해졌지만, 이내 빠르게 입을 열었다.

"말하지 않아서 미안해, 사형. 그래도 이게 그럴 만한 이유가 있었던 거고, 또 상처도 거의 없다시피……."

"다 들었다!"

연철은 말을 끊으며 고개를 들이밀었다.

콧바람이 뜨겁게 불어오자 소하는 어깨를 움츠리며 뒤로 물러설 수밖에 없었다. 당황한 운요가 몸을 뒤로 물리며 인상을 찡그렸다.

"뭘?"

"너, 너… 비홍청운을 수련하고 있었던 거냐!"

운요의 얼굴이 조금 뜨악해졌다. 갑작스레 그가 이런 말을 꺼내올 줄은 몰랐기 때문이었다.

"아니, 그걸 사형이 어찌……."

"제가 말씀드렸습니다, 운 소협."

뒤쪽에서 들리는 목소리, 무복을 차려입은 세 명이 앞으로 다가서고 있었다.

"당신들……."

제갈위는 가볍게 소하와 운요를 훑어보며 입을 열었다.

"검파(劍派)로 이름 높은 청성의 비전. 견식하게 되어 영광이었습니다."

"이게 무슨 짓이지?"

운요의 눈가가 일그러졌다. 이제 와서 뻔뻔하게 그런 말들을 늘어놓는다니. 짜증이 일 지경이었다.

"저는 지금, 천회맹이 했던 일들을 사과하러 이 자리에 왔습니다."

제갈위는 포권하며 머리를 숙였다. 뒤에 있는 두 명도 마찬가지였다.

"또한, 청성의 힘이 함께한다면 더욱 저희의 대망(大望)에 가까워지리라는 생각 때문이기도 했죠."

운요의 눈이 번득였다. 그는 즉시, 연철에게로 시선을 돌리며 말을 꺼냈다.

"사형, 설마."

"천회맹에서 우리를 지원해 준다고 약조했다."

제갈위는 청성파의 재건을 약속한 것이다. 이전 그들이 보았던 청성의 비전. 비홍청운을 익힌 운요라면 그를 앞세워 천회맹의 정통성을 더욱 드높일 수 있기 때문이었다.

"허, 참."

운요는 어이가 없어서 그리 중얼거렸다.

"평소에는 우리를 본 척도 하지 않던 작자들이, 그거 하나 알아봤다고 고개를 숙인다?"

"그 점에 대해서도 사과드립니다. 다만… 저희는 무림맹의 후신(後身). 그만큼 구대문파에 힘을 다할 생각입니다."

운요의 성격이었다면 당장 눈앞에서 사라지라 쏘아붙였겠지만, 그는 고민이 일 수밖에 없었다. 연철의 애타는 표정을 봤기 때문이다. 사문을 어떻게든 되살려야 한다는 사명감에 사로잡혀 있는 연철은 지금 이 기회를 도저히 저버릴 수 없어 하고 있었다.

잠시 소하를 바라보던 운요는, 이내 소하도 왜 받아들이지 않느냐는 표정을 짓는 것에 허 웃음을 뱉었다.

"그럼, 유예(猶豫)는 어떻소?"

"예?"

제갈위가 고개를 갸웃거리자, 운요는 소하를 가리키며 씩 웃었다.

"나는 지금부터 이 녀석을 좀 도와줘야 할 것 같아서, 얼마 동안은 무림을 유랑(流浪)할 계획이오."

소하마저도 당황한 표정을 지을 수밖에 없었다. 하지만 운요는 소하의 말을 막은 뒤, 자연스럽게 웃어 보였다.

"그것으로도 좋다면야."

제갈위는 속으로 끙 소리를 낼 수밖에 없었다.

'우리를 묶어두려 하는군.'

상관휘의 분노는 상당했다. 아마 당장에라도 소하를 잡아 죽이고 싶을 것이다. 자신의 체면과, 상당한 희생마저 치렀으니 그만큼 천회맹 내에서 지지자가 사라질 것이 뻔했기 때문이다.

운요는 그것을 막으려 하고 있었다. 천회맹에 소속된 자가 소하와 동행한다면 함부로 그를 건드릴 수 없다.

'청성의 마지막은 녹슬어 버렸다더니만, 아직도 빛나고 있었군.'

잠시 머리를 굴려본 제갈위는 결국 결정을 마쳤다.

"알겠습니다. 차후 다시 한 번 청성의 두 분을 찾아뵙겠습니다."

"잘 들어가시오."

운요는 그들을 보낸 뒤, 후아 하고 숨을 내뱉었다.

"놀랄 일이 많네. 오늘."

"운요 형, 무슨 말이에요?"

소하도 궁금할 지경이었다. 갑자기 무림을 유랑한다니?

"뭐긴. 너 어차피 이제부터 멀리 가야 하지 않냐?"

종이에 써져 있는 곳은 사천이 아닌 다른 지역이었다. 그렇기에 운요는 자신이 소하와 동행하겠다 말했던 것이다.

"나도 한참 쉬었으니, 조금 움직여 볼까 해서."

"아니, 운요야. 그래도……."

"다 수련이야, 사형."

그렇게 말을 막은 운요는 이내 소하에게 손을 내밀었다.

"이렇게 만난 것도 다 연(緣). 함께 가자구."

소하의 손이 머뭇거렸다. 하지만 자신의 일에 이렇게 운요를 말려들게 해도 괜찮은 것일까?

"아까 말했었지?"

운요는 소하의 어깨를 툭 치며 웃었다.

"호의를 받을 줄도 알아야 한다고."

그 말에 소하는 이내 웃으며 그의 손을 맞잡았다.

"고마워요."

*　　　*　　　*

"궤가… 부서졌다?"

"게다가 그 안에는 아무것도 없더군."

상관휘는 자리에 앉은 채 미간을 찌푸렸다. 지금 이 상황 자체가 마음에 들지 않았던 데다, 천회맹 측에서 지금 자신에게 책임을 물으려는 것에도 짜증이 일던 참이었다.

그리고 뒤늦게 찾아온 이 남자는 어이가 없다는 듯 고개를 이리저리 저으며 중얼거렸다.

"만박자의 유품이다."

"비웃는 내용만 있더군. 구영사태도 보았으니, 그쪽에 물어보시지."

남자의 이가 드러났다. 그는 노기를 가득 담은 눈으로 상관휘를 쏘아보다, 이윽고 몸을 돌렸다. 그렇다면 자신이 이곳까지 서둘러 도착한 의미가 없기 때문이다.

그것을 잠시 바라보던 상관휘의 입이 열렸다.

"역시, 본인에게 사사받지 않아서 제대로 아는 바가 없었나 보군?"

"입 조심해라. 상관휘."

남자는 마치 이리 같았다.

그는 양손에서 희미한 회색 기운을 일으키며 날 선 목소리를 내뱉었다.

"지금 죽고 싶지 않다면."

"이쪽이 할 말이다."

상관휘 역시 탁자에 기대어진 칼자루를 눈짓하고 있었다. 그러나 잠시 그쪽을 돌아보던 남자는, 이윽고 몸을 돌리며 걸음을 옮겼다.

"맹에서는 이미 네게 추궁을 준비하고 있다. 네 그 하찮은 가문의 이름으로 버티려면 알아서 잘 처신해야 할 거다."

문이 거칠게 닫히는 소리와 함께, 침묵이 어렸다.

"허."

상관휘는 허탈한 숨을 내뱉었다.

차라리 싸웠으면 했다. 그러면 그를 베어 죽이든 자신이 죽든 어떻게든 일이 변하기 때문이다.

하지만 이건 좋지 않다.

"내 입지가 위험하겠군."

천회맹은 정치(政治)의 공간이다. 언제 어디서 무너질지 모르는 얄팍한 기반만을 디딘 채 버티고 있는 상관휘에게는 더욱 그러했다.

전승자(傳承者).

방금 전 나간 남자는 그러한 명분을 지니고 있었다.

만박자의 뒤를 잇는 자.

상관휘의 입가에 희미한 웃음이 내걸렸다.

"그래. 어디… 철저히 발버둥 쳐주마."

*　　　*　　　*

"벌써 가는 거야?"

이설은 아쉽다는 표정을 지었다.

소하는 빠르게 짐을 둘러싼 뒤, 운요와 함께 나설 준비를 마쳤기 때문이었다. 그 싸움이 벌어진 뒤 하루 만에 채비를 끝내자 걱정이 될 수밖에 없었다.

"괜찮아요. 크게 다친 곳도 없으니까."

환열심환이 가진 극양기 덕에 소하는 자잘한 상처쯤은 이미 딱지가 오르고 아무는 단계에 와 있었다. 운요 역시 그렇게까지 큰 상처를 입진 않았고 말이다.

"전부 챙겼지? 내가 어제 방에 맡겨놓은 것들."

이설은 소하를 위해 약간의 여비와 음식, 그리고 길을 찾을 지도를 준비해 주었다. 다행히 운요도 있었기에 어떻게든 길을 찾아갈 수는 있어 보였다.

소하는 등짐을 계속 살피는 이설을 빤히 바라보다 이내 씩 웃음을 지었다.

"네, 고마워요."

그녀는 복잡한 표정이었다. 어린 소하가 이런 식으로 무림의 싸움에 끼어들어 버려 그 속에서 잘 버틸 수 있을지 의문이 들었던 것이다.

이설이 멀어지자, 곧 뒤쪽에 서 있던 자소연이 다가와 포권했다. 그녀 역시 소하에게 전할 이야기가 있어 이리로 온 참이었다.

"소협. 사태께서 전언(傳言)을 보내셨습니다."

그녀는 쪽지를 건넨 뒤 그렇게 말했다. 구영사태는 전혀 모습을 나타내지 않았다. 천회맹의 회동에 나섰기 때문이었다. 가면을 쓴 자들과 서장무림의 등장으로 현재 사천은 상당한 혼란에 휩싸여 있는 상황이었다.

"고맙다고 하시더군요."

자소연은 오랜만에 구영사태의 웃음을 보았다. 이제까지 수많은 일에 치여 제대로 된 감정조차 드러내지 않았던 그녀였건만, 소하와 만난 뒤 조금이나마 따스해진 기분이 들었다.

멋쩍은 기분이 든 소하는 머리를 긁적였다.

"딱히 한 게 없는데… 아무튼 감사합니다."

운요는 슬쩍 옆을 바라보았다. 수련 역시 짐을 챙겨서 그에게 건네주려 다가오고 있던 참이었다. 그녀의 뒤쪽에는 연철이 미묘한 얼굴을 한 채로 서 있었다.

"정말 어려운 분이시네요. 운요 님은."

"그래?"

짐을 건네준 수련은 살짝 토라진 듯 입술을 삐죽였다.

"이리 빨리 가버리실 줄은."

"뭐, 이러니저러니 해도 내가 질리면 돌아오겠지."

쩔쩔매는 수련의 머리를 쓰다듬어 준 운요는 이윽고 연철에게 씩 웃어준 뒤 몸을 돌렸다.

"송별(送別)이 길어지는 건 이상하니 얼른 출발해 볼까."

결국 소하는 제 몸만 한 등짐을 짊어진 채로 사람들의 인사를 받으며 영화루를 나설 수 있었다. 뒤쪽에서 아미파의 여승들이 힐끗힐끗 운요를 바라보며 어쩔 줄을 몰라 하는 모습도 보였다.

아마도 그때 비홍청운을 펼치던 운요의 모습은 천회맹을 비롯해 주변의 젊은 무인들을 상당히 고무시킨 모양이었다.

자신들이 닿을 수 없을 것 같은 경지에 다가선 젊은이. 그것도 청성의 말예라는 운요의 모습에 꽤나 많은 여인이 사모의 감정을 품은 듯했다.

"뭐야, 그 표정은."

소하가 실실거리고 있자 운요는 우스꽝스럽게 얼굴을 찌푸려 보였다.

"아네요. 그보다 일단 갈 곳은……."

소하는 염노에게 받았던 종이를 펼쳤다. 그곳에는 앞으로 소하가 가야 할 곳에 대한 정보가 적혀 있었다.

"호북(湖北)이라는 곳이에요."

"호북인가."

함께 보던 운요가 그리 말하자 소하는 영 알 수 없다는 표정을 지었다. 그는 이제까지 유가장이 있는 마을에서만 살아왔고, 그 이후 철옥에 갇혔다. 그렇기에 드넓은 중원에 대해 알지 못했던 것이다.

"조금 멀기는 하지만… 가면서 이것저것 구경할 수는 있겠군."

그보다 더 중요한 건 바로 아래에 적혀 있는 내용이었다.

굉천도(轟天刀). 유품(遺品). 형인문(灐刃門).

짤막하게 적힌 세 개의 단어.

염노는 그 종이를 건네주며 말을 덧붙였다.

"굉천도의 유품이 최근에 와서야 발견되었지. 형인문은 그것을 넘겨주지 않고 있지만… 아마도, 전승자들은 그것을 노리려 들 것이네. 그들에게는 명분이 필요하기 때문이지."

마 노인의 물건이 그곳에 있었다.

진정 소하가 천하오절에 대해 알고 싶거든 그곳으로 가보라고 말했었다. 그렇다면 갈 수밖에 없는 것이다.

그리고 소하는 구영사태가 전한 쪽지의 마지막에 적힌 글귀를 보았다.

백면(百面)을 조심해라.

"백면?"

"그때 그 가면을 쓴 놈들을 말하는 건가."

운요가 옆에서 중얼거리자 소하는 붉은 가면의 남자를 떠올려 보았다. 분명 강했다. 탁월한 반탄기 때문에 소하의 공격이 대부분 먹히지 않았던 것이다.

"조직적으로 움직이고 있었지."

분명 그랬다. 그 외에도 하얀 가면을 쓴 자들이 상당한 숫자로 공격해 왔었고, 천회맹 역시 당황하는 것으로 보아 그들과의 연계성도 존재하지 않는 듯했다.

"뭐, 일단 그리로 향해보는 게 좋겠지. 아마도… 서두르는 게 좋을 테니."

"네?"

소하가 묻자, 운요는 씩 웃음을 지었다.

"가면서 말해줄게."

등을 툭 치면서 앞서 나가는 운요의 모습. 소하는 익숙하지 않은 감정에 잠시 입맛을 쩝 다시다 이윽고 고개를 끄덕였다.

누군가와 함께 어딘가로 향한다는 건 처음이었다.

이상한 느낌이다. 소하는 이제까지 잘 느껴보지 못했던 감정에 손가락을 꾸물거리다 이윽고 운요가 멀어져 가자 황급히 발걸음을 옮겼다.

가슴이 벅차오르는 기분이란, 필시 그런 것이다.

第二章
탐색

　무한(武漢)에는 유례없는 더위가 몰아치고 있었다.

　평소 호북에 사는 사람들은 더위에 익숙하다 여기지만, 수
십 년 만의 폭염은 그런 그들조차 낮에는 바깥에 쉬이 돌아다
니지 못하도록 만들었다.

　나뭇잎이 바싹 말라들고, 풀들마저 생기를 잃고 고개를 축
늘어뜨렸다. 바깥으로 나온 사람들 역시 누렇게 뜬 얼굴로 힘
겹게 거리를 걷고 있었다.

　"이런 날에 밖을 나오게 되다니."

　남자는 투덜거리며 그리 중얼거렸다. 벌써 무복은 땀으로
다 젖어 들어간 뒤였다. 이마에서는 쉴 새 없이 땀이 흘러내

려 눈마저 따가울 지경이다.

"불평하지 마라. 태경(泰景)이는 잘 참고 있지 않느냐."

중년인의 목소리에 남자의 눈이 옆으로 향했다. 그곳에는 신기하단 눈으로 주변을 둘러보고 있는 어린아이가 있었다.

코웃음을 친 남자는, 이내 목 주변의 옷깃을 잡아 흔들며 중년인에게 말을 걸었다.

"사형, 정말 장로님의 말을 계속 따르실 겁니까?"

"그것이 도(道)라고 하셨다."

중년인 역시 이마에서 줄줄 흘러내리는 땀을 손등으로 닦아내고 있었다. 하지만 여전히 날씨는 무덥다. 차가운 물 한 모금이 간절한 상황이었다.

"도는 무슨, 굶어죽기 직전인데."

"경망한 말을 하지 마라."

중년인의 날카로운 말에 남자는 칫 하고 크게 소리를 냈다.

"어차피 더워서 아무도 안 나다니는 곳 아닙니까. 얼른 먹을 거나 사서 빨리 올라가야……."

"태경이에게는 처음으로 나오는 바깥이다."

중년인의 엄중한 목소리에 남자는 결국 아무 말도 할 수 없었다. 그는 잠시 밉살스럽다는 듯 꼬마 아이를 노려보다, 이내 앞으로 빠르게 발걸음을 옮겼다.

"죄송합니다."

중년인은 아이가 불안한 눈으로 자신을 올려다보고 있다는 사실을 알았다.

"아니다. 네게 무슨 잘못이 있겠느냐. 그저… 이렇게까지 탐욕스러운 자들이 문제인 게지."

걱정스런 표정을 짓는 아이를 보며, 중년인은 씩 웃었다.

"돌아가면 형월도(形月刀)를 마저 살펴주마. 이제 초반 십 초식은 익숙해졌으니."

그 말에 태경이란 아이의 표정이 밝아졌고, 중년인은 아이의 손을 붙잡은 채로 천천히 앞쪽을 향해 걸음을 옮겼다.

무한의 작은 마을. 평소라면 좀 더 사람들이 많고 상인들도 활발했겠지만, 너무나 더운 탓에 제대로 가판을 차리거나 가게에 나와 있는 사람들이 거의 보이지 않을 지경이었다.

"빌어먹을… 이러다 우리가 죽겠습니다!"

앞에 가던 남자가 소리를 지르자, 중년인은 한숨을 내쉬었다.

"장호(張濠)야. 서두르지 말아라. 날이 덥긴 더우니… 더위도 피할 겸 조금 요기라도 하고 가자꾸나."

"당연히 그래야지요. 이렇게 더워서야 어디 살겠습니까."

투덜거리는 사제를 보며 슬쩍 웃은 중년인은, 이윽고 태경을 데리고 앞쪽에 있는 조그마한 객잔으로 들어섰다.

탁자에 앉은 채 늘어져 있던 점소이에게 마실 것을 부탁한 중년인은 장호와 태경이 땀을 뻘뻘 흘리고 있는 모습에 한숨을 쉬었다.

"만년빙(萬年氷)이라도 있다면 가져다주고 싶구나."

"그걸 사려면 우리 문파를 통째로 팔아도 모자랄 겁니다."

"그건 그렇지."

중년인은 멀뚱히 주변을 둘러보고 있는 태경의 머리를 쓰다듬어 주었다.

이후 다행히 마실 물이 나와 그들은 겨우 목을 축일 수 있었다.

"살겠네!"

장호는 그렇게 소리치며 고개를 뒤흔들었다. 산 아래까지 걸어오는 동안 땀을 지독히도 많이 흘린 탓이다.

"그나저나 사형도 들으셨습니까?"

"뭘 말이냐?"

중년인은 조용히 소채를 젓가락으로 집어 태경에게 건네고 있는 상황이었다.

"사천에 만박자의 유물이 나타났고, 그걸로 싸움이 벌어졌다는 소식 말입니다."

태경의 눈이 반짝였다. 아직 어린아이, 그렇기에 무림의 소식을 듣게 되면 절로 흥미가 동하는 것이다. 장호는 그런 태경의 반응에 씩 웃음을 지었다.

"서장무림에게 천회맹의 비백신룡이 망신을 당했다더군요."

"천회맹은 너무 초조해하고 있지."

각지가 그 소식으로 들끓고 있었다. 만박자의 유물은 전 무림을 아우르는 크나큰 영향력을 지닌 물건이었고, 그것이 어디서 나타났는지 모를 서장무림의 무인과 연관되어 있다면 더욱 그렇다.

"서장무림은… 강한가요?"

태경이 묻자 중년인은 고개를 들어 올렸다.

"그렇지. 그곳의 밀교(密敎)가 가진 힘은 어마어마하다고 들었다. 개중 천하오절에 비견되는 인물도 있다고들 했었지."

"천하오절."

장호가 코웃음을 쳤다.

"어차피 시천마에게 패배한 구닥다리 집단 아닙니까."

"그렇다 해도 배분이 높은 선배의 이름이다."

"전 인정하지 않습니다. 구시대 무림이라 해봤자… 마교 놈들에게 패한 작자들이죠. 지금의 무인들을 따라갈 수는 없습니다."

중년인은 한숨을 뱉을 뿐이었다. 조금 분위기가 얼어붙자, 태경은 장호에게 말을 꺼냈다.

"장호 사형, 그럼 그 유물은 어떻게 되었나요?"

"유물? 글쎄다. 행방불명이 되었다고는 하는데… 사실 모르지. 천회맹에서 몰래 챙겼을 가능성이 크다."

"그들은 예(禮)를 잊은 자들이다."

중년인은 단호히 그리 말했다.

"하지만 강합니다. 사형, 이제부터의 무림은 그들이 집행해

나갈 게 뻔하잖습니까."

장호는 답답하다는 듯 가슴을 쾅쾅 두들기고 있었다. 답답한 사형과 대화를 나눌 때면, 그는 늘 이렇게 화가 나곤 했다.

"그러니 어서 '그걸' 처리해 버리죠. 스승님이 아신다고 해도 이제 다들 지쳐가고 있잖습니까."

"장호야!"

주변이 흔들렸다. 중년인의 외침에 반응한 것이다. 졸던 점소이가 깜짝 놀라 고개를 들어 올렸고, 달각거리며 접시들이 떨렸다.

태경은 입을 꾹 다문 채 두 사람을 바라보고 있었다.

"…죄송합니다, 사형."

장호가 그리 말하며 고개를 숙이자 중년인은 깊게 한숨을 내쉬었다.

"육신의 고통보다 더욱 중요한 것이 있는 법이다. 그러니 앞으로는 그런……."

"아이고, 녹아버리겠다. 녹아버리겠어!"

"뭐가 이렇게 더워요!"

문득 들려온 소리에 말이 끊기자 중년인은 고개를 돌렸다. 그곳에는 온몸이 땀에 젖다 못해 푹 절어버린 두 명이 객잔 안으로 들어서고 있었다.

"으으아아아!"

등짐을 내던지다시피 탁자로 내려놓은 한 명은, 이내 의자에 앉자마자 축 늘어져 버린다.

그보다 조금 더 키가 큰 남자 역시 마찬가지였다. 그는 비틀거리며 힘겹게 의자에 앉고 있었다.

"사천과는 너무 다르네… 엄청 더워……."

"어쩐지… 이쪽으로 간다니까 다들 불쌍하다는 듯이 쳐다봤잖아요……."

그러고는 죽은 듯 늘어져 버리는 두 명의 모습에 장호는 어깨를 으쓱였다.

"이 기간에 여기로 놀러오는 어수룩한 작자들도 있군요."

"음."

중년인은 젓가락을 놓으며 몸을 일으켰다.

"서둘러라. 늦장을 부릴 수는 없으니까."

그것에 모두가 고개를 끄덕이며 자리에서 일어섰다. 의자를 조심스럽게 제자리로 옮겨놓은 태경은 사형들을 뒤따라가며 죽은 듯 늘어진 두 명을 지나쳤다.

'무림인.'

그중 한 명의 허리에 매어진 칼집을 본 태경은 걱정스런 눈으로 입을 벌린 채 탁자에 얼굴을 묻고 있는 두 명을 바라보았다.

"태경아."

"예!"

하지만 그것도 잠시, 태경은 얼른 발걸음을 옮겨 사형에게로 향했다.

한편, 점소이는 떨떠름한 표정을 한 채 옆으로 다가갔다. 숙수 역시 뜨거운 요리를 하기 싫다며 잔뜩 귀찮은 표정을 하고 있었기 때문이었다.

"손님들, 뭘 드실 겁니까?"

"아무거나, 엄청 차가운 거 있나요."

"그런 게 있을 리가요."

*   *   *

"이 정도면 한동안 괜찮겠군."

중년인은 짐을 보고는 만족한 듯 고개를 끄덕였다. 어차피 날이 너무 더워 대부분 부패해 버리기 때문에 건식(乾食)을 택한 터였다.

그는 등에 짐을 짊어지며 태경을 빤히 쳐다보았다.

"태경아, 갖고 싶은 게 있느냐?"

그것에 태경은 깜짝 놀라며 고개를 저었다.

"아, 아닙니다. 사형!"

중년인의 입가에 미소가 감돌았다. 아직 어린아이. 더군다나 바깥을 제대로 구경해 본 적이 드물다. 그렇기에 지금 보이는 모든 것들에 감탄하고 있는 것이겠지.

"비록 지금은 힘들지만, 언젠가 모두 제대로 풀릴 날이 올

것이다. 장호도 그렇고, 너도 조금만 힘을 내주면 좋겠구나."

그의 두터운 손이 태경의 머리를 어루만졌다. 살짝 웃은 태경은, 이윽고 그에게서 짐을 받아 들어 함께 들고 움직이려 했다.

그런데.

"크아악!"

장호의 비명이 들렸다.

모래밭을 마구 나뒹굴며 신음을 뱉는 모습. 중년인의 눈이 날카롭게 장호가 날아온 골목 쪽을 향했다.

그곳에는 백의를 걸친 세 명이 있었다.

앞쪽에 서 있는 남자가 손목을 흔들며 비죽 웃음을 흘렸다.

"평생 그곳에서 숨어 살 줄 알았더니, 드디어 나타나셨군."

"네놈들……!"

중년인의 눈에서 노기가 뿜어져 나왔다.

"착각하지는 마. 저쪽이 먼저 덤벼든 거니까."

남자가 실쭉 웃으며 말하는 것에 장호의 표정이 더욱 일그러졌다.

"네놈들이… 본 문을 비웃었기에 그런 것이지……!"

아픔을 참으며 겨우 일어서는 장호의 모습에 백의를 입은 자들 모두 그가 한심하다는 듯 웃음을 짓고 있었다.

"그럼, 그 자랑스러운 형월도법을 보여주지 그런가? 아니면,

사실 형편없는 무공인지라 드러내기가 두려운 건가?"

장호는 입술을 꽉 깨물었다. 두 명은 지금 무기를 가져오지 않았다. 저들 역시 히리춤에 칼을 매고 있기는 했지만, 뽑아들 기색은 보이지 않았다.

먼저 무기를 쓰는 자가 있다면 즉시 그건 심각한 일로 번지기 때문이었다. 저들의 옷을 본 중년인의 입가가 파르르 떨렸다. 그들의 옷자락 끝에는 요즘 들어 누구나 알 수 있는 표식이 수놓아져 있었다.

"천회맹의 이름을 걸고서도 그런 모욕을 해대는 건가."

그들은 천회맹의 무인이었다. 중년인의 목소리에 백의를 입은 자들은 실실 웃어 보였다.

"아니, 우리가 당신네들에게 모욕할 일이 있을까."

중년인보다 나이가 한참이나 어려 보였지만, 그들은 여전히 그를 하대하고 있었다.

"그저 사실을 말할 뿐이지."

"태경아."

중년인은 천천히 짐을 내리며 그에게 속삭였다.

"물러나 있어라."

"사형!"

놀란 태경이 그리 외치자 중년인은 고개를 저었다.

"네가 휘말리는 건 바라지 않는다."

장호도 일어서며 퉤 침을 뱉어내고 있는 상황이었다. 백의를 입은 자들은 의기양양하게 고개를 까닥여 보였다.

"이제까지 거북이처럼 숨어만 있을 줄 알았는데, 제법 강단이 있는가 보지?"

"이게 조잡한 도발이란 건 안다."

중년인은 눈살을 찌푸리며 중얼거렸다. 그들은 지금, 화를 돋워 자신들에게 어떻게든 출수하게 만들려는 것이다.

"하지만 너희는 본 문의 제자를 핍박하고… 모욕했다."

꽉 주먹을 움켜쥔 중년인은, 태경이 뒤로 도망치기 시작한 것에 고개를 끄덕이며 말을 이었다.

"대가를 치러라."

*　　　　*　　　　*

태경은 달리고 있었다.

아무리 어린아이일지라도 무림인들의 싸움이 얼마나 치열한지는 알고 있다. 그동안 문파 안에서도 보아왔고, 사형들이 얼마나 괴로워하는지도 안다.

그렇기에 어떻게든 그들을 구하고 싶었다.

눈이 침침해질 정도의 더위, 태경은 황급히 큰길을 달려 옆으로 꺾었다.

그곳에는 아까 방문했던 객잔이 있었다. 바깥에 물을 뿌리는 점소이의 흐느적거리는 모습을 무시한 채, 태경은 냅다 그 안으로 뛰어들었다.

덜컹!

문이 열리는 소리에 안에 있던 두 명의 눈이 희미하게 그리로 돌아갔다.

객잔에는 소면을 씹으며 고개를 옆으로 누이고 있는 소하와 의자의 등에 기대 몸을 늘어뜨린 채 입을 벌리고 있는 운요가 있었다.

"응?"

소하는 태경이 자신들에게로 다가오는 것에 눈을 동그랗게 떴다.

그리고 태경은 다짜고짜 입을 열었다.

"무, 무림인이시죠?"

"그렇다만?"

운요가 고개를 갸웃거리며 묻자 태경은 다급한 표정을 지었다.

어떻게든 손과 발을 휘적거리며 사정을 설명하자 운요는 난감하단 표정으로 옆머리를 긁적일 뿐이었다. 사천도 아닌 호북에 와서 무림인들과 엮이는 건 귀찮아지기 때문이었다.

운요는 소하를 슬쩍 눈짓했다.

일찍이 호북으로 오기 전, 그는 소하에게 한 가지를 부탁했다.

"내 의견에 따라줘."

소하는 무림에 대해 잘 모른다. 무작정 일들에 휘말려 버리다간, 정말 자신이 하고 싶은 것을 이루지도 못한 채 객사할 수도 있었다. 무림이란 그러한 곳이었기에, 운요는 자신이 냉정하게 일을 결정하려 했다.

"어쩔까요?"

소하의 질문이 들렸다.

운요의 부탁이 있었기에, 소하는 자신이 결정하지 않고 그에게 이 일을 맡긴 것이다. 눈물이 그렁그렁 걸린 채 필사적인 눈으로 자신을 바라보는 태경의 모습에 운요는 잠시 침묵하다 이내 한숨을 내뱉었다.

"상대가 나쁜 놈들이구만. 그런 식으로 싸움을 걸면 안 되지. 날도 더운데."

"뭔가 이상한 이유네요."

씩 미소 짓는 소하의 모습에 운요는 밥값을 지불한 뒤, 태경을 따라 밖으로 나섰다. 태경은 아직도 걱정이 되는지 얼굴이 발갛게 상기된 채로 빠르게 걸음을 옮기고 있었다.

"아무리 그래도."

운요는 허리춤의 칼을 매만지며 소하에게 속삭였다.

"상황을 보고 행동해."

태경의 말을 무작정 믿을 순 없다. 혹시 태경이 천회맹의 사주를 받은 자나, 그 서장무림의 무인을 따르는 자라면 함정일 가능성이 높았다.

소하 역시 그에 동의했다. 모든 일에는 만약을 대비해야 한다는 척 노인의 가르침도 있었기 때문이다.

빠르게 골목을 돈 소하와 운요의 감각에 싸우고 있는 자들이 붙잡혔다.

'아마도 사실인가 보군.'

태경을 슬쩍 바라본 운요는 이내 안쪽에서 튕겨 나가고 있는 한 무인을 보았다.

"크윽!"

큰 충격을 받은 듯, 자세조차 잡지 못하고 나동그라지고 있었다.

태경이 놀라 멈춰 서자, 운요는 난감한 표정으로 앞을 주시했다.

"미안하지만 꼬마야."

그는 뒷머리를 긁적였다.

"끼어들 수가 없겠어."

뒤늦게 그를 따라 도착한 소하 역시 나타난 상황을 보고는 멈춰 설 뿐이었다.

그곳에는 흙투성이가 된 채 땅을 뒹굴고 있는 백의의 무인들과 그 가운데에서 손을 털고 있는 중년인이 있었다.

"알아서 다 끝내 버렸는데?"

운요의 말에 태경은 어쩔 줄을 몰라 했다.

중년인 한 명에게 셋이 달려들었기에 걱정이 되었지만, 그 걱정이 무색하게 중년인은 모두를 때려 눕혔던 것이다.

"창상(創傷)을 내지 않았으니, 무어라 할 말은 없겠지?"

중년인의 엄중한 목소리에 백의를 입은 자들의 표정이 새파랗게 질렸다. 그들은 지금 도법으로 유명한 문파의 제자에게, 맨주먹으로 패배했던 것이다.

"천회맹이 어떤 곳인지는 몰라도, 개인의 수련에는 큰 관심이 없는 것 같군. 이 정도로는 한참 모자라다."

"크……"

비틀거리며 일어선 자들의 모습은 확실히 아무 상처도 없어 보였다. 중년인이 적당하게 타격을 배분한 탓이다.

다르게 말하자면, 세 명을 상대로 본 힘을 드러내지 않고 적당히 상대했다는 뜻이기도 했다.

이윽고 뒤쪽의 태경이 데리고 온 소하와 운요까지 보이자, 백의를 입은 세 명은 결국 비틀거리다 골목 사이로 도망치기 시작했다.

그들이 모두 사라진 뒤, 중년인은 장호를 붙잡아 일으키며 말을 이었다.

"그쪽의 소협들은 누구시지?"

"제, 제가……"

태경이 우물쭈물거리자, 중년인은 장호의 어깨를 툭툭 털어

주었다. 아직 장호의 얼굴에는 부끄러운 빛이 가득했다. 중년인이 그들을 상대할 동안, 장호는 얼이 빠진 채 넘어져만 있었던 것이다.

"사제가 신세를 졌군. 오신 데에 감사를 표하겠소."

그는 그 이후 소하와 운요에게로 다가와 묵례해 보였다.

"무얼 한 것도 없으니 인사를 받을 이유가 없습니다."

운요 역시 마주 묵례하며 그리 답했다. 잠시 미소를 보인 중년인은, 이윽고 피가 나고 까진 주먹을 손으로 털며 중얼거렸다.

"형인문의 문광(紊曠)이라고 하오."

형인문.

그 말에 소하와 운요의 눈에 이채가 감돌았다.

그러나 운요는 능숙하게 그것을 숨기며 고개를 끄덕였다.

"호북에는 초행이지만 형월도법의 명성은 익히 들어왔습니다."

"타지(他地)의, 그것도 상당한 실력을 가진 분에게 그런 말을 들으니 낯이 뜨거워지는군."

문광은 운요를 마주 바라보고 있었다. 그의 실력을 대충 꿰뚫어 본 것이다.

"하지만 우리와 어울리지 않는 게 좋을 것이오."

그 후 한 번 더 인사를 건넨 뒤, 문광은 몸을 돌렸다.

"태경아, 장호야, 돌아가자."

"예, 사형."

장호는 급히 짐을 들쳐 메며 그의 뒤를 따랐다. 태경은 잠깐 소하 쪽을 돌아보다, 이윽고 고개를 푹 숙여 인사를 하고는 황급히 두 사형에게로 향했다.

"흠."

운요는 멀어지는 이들을 보며 턱을 문질렀다.

'우리를 의심하고 있었어.'

명백한 경계가 서려 있는 눈이었다.

"잘 해결됐네요."

태평한 소하의 목소리에 운요는 픽 웃음이 일었다.

"그래. 뭐 사소한 싸움 한둘은 일어나게 되어 있는 게 무림이지."

그는 몸을 돌렸다. 더위가 더욱 거세지자 사람의 흔적은 아예 보이지 않게 되었다.

"그럼 이제 그 사소한 싸움을 좀 더 파헤치러 가볼까."

"네?"

"형인문이라고 했잖아?"

자세한 사정은 알지 못했지만, 소하는 천하오절의 유산에 대해 조사하고 있었다. 하오문이 넘겨준 것에 따르면 굉천도의 유품이 형인문이란 곳에 존재하니, 어떻게든 그것에 대해 알아보려는 것이다.

"그리고 아까 저들과 싸운 자들은 천회맹이라고 했고."

"설마……."

소하의 표정을 본 운요는 맑게 웃었다.

"한번 관여해 보자구."

$$* \qquad * \qquad *$$

"너무 울상 짓지 마라."

문광의 목소리에 장호는 입술을 꾹 깨물었다.

그는 아무것도 하지 못했다.

천회맹의 무인 하나에게 일방적으로 얻어맞았고, 자랑하는 무공을 일초도 펼치지 못했다.

그러나 문광은 그런 그들을 여유롭게 날려 버렸다. 그 차이가 분한 것이다.

"수련은 시간과 함께한다. 네가 나와 같은 나이가 된다면, 너는 나보다 강해져 있겠지."

문광은 그것을 믿고 있었다. 형인문은 소수로 운영되는 문파지만, 호북 내에서 그 명성을 잃지 않았다. 누구보다도 제자의 가능성을 믿고 그들에게 무공을 전수하기 때문이었다.

"그렇기에 너희들이 본 문을 좀 더 아껴주기를 바라는 것이다."

"예, 사형."

태경의 목소리에 문광의 입가가 실룩거렸다.

"본 파의 장권식(掌拳式)도 나름 괜찮지 않았느냐?"

어느덧 그 은근한 목소리에 태경의 눈이 반짝거리고 있었다.

"그런 게 있었습니까?"

"이후 알려주마. 공수(空手)일 때의 무공도 호신을 위해 배워 둬야 하니까."

웃으면서 이야기를 나누고 있는 사제.

둘의 뒤쪽에서 어두운 표정을 짓고 있던 장호는, 이내 자신의 손을 내려다보았다.

십여 년간의 단련으로 굳은살이 박이고, 터지고 긁혀 딱지와 상처로 가득한 손이다.

그러나 아무것도 하지 못했다.

그는 손을 꽉 쥔 뒤, 바닥만을 쳐다보며 걸음을 옮겼다.

＊   ＊   ＊

"뭐라고?"

콰직!

둔탁한 소리가 들렸다. 백의를 입은 남자는 걷어차인 배를 붙잡은 채 땅을 나뒹굴고 있었다.

"크억!"

외침과 함께 주변의 분위기마저 고요해진다. 그를 걷어찬 남자는 고개를 옆으로 기울이며 이를 드러냈다.

"멋대로 싸움을 건 건 상관없다만… 일방적으로 당해서 온 놈들이 살아 있다는 게 더 문제군."

스르릉!

옆쪽에서 한 무인이 검을 뽑아 들었다.

스산한 음색에 백의를 입은 자들의 얼굴이 새파랗게 질렸다.

"자, 잠깐만 기다려 주십시오!"

위협스럽게 검을 들이대는 무인을 보며, 세 명은 재빨리 손을 내저었다. 이자가 정말로 자신들을 죽일지도 모른다는 것을 느꼈기 때문이었다.

남자는 가만히 그들을 노려보다, 이내 손을 휘저었다.

칼날이 거둬진다. 세 명이 겁에 질린 표정을 짓자, 남자는 조용히 말을 이었다.

"천회맹은 항상 모든 이보다 앞서야만 한다."

"예, 예!"

"한 번은 기회를 주지. 어차피 이제 곧 그분이 오시면……."

"여긴가?"

쿵!

문이 열리는 소리가 일었다. 모든 무인의 시선이 문 쪽으로 돌아갔고, 그들은 아무렇지 않게 문을 열고 들어온 소하와 운요를 바라보고 있었다.

"뭐지?"

무기를 든 무인들이 앞으로 나선다. 갑작스레 들어온 자들, 만약 적이라면 당장에라도 베어낼 기세였다.

"아까 천회맹이라 자칭하는 자들이 있어서 따라와 봤는데, 맞나?"

"신원을 밝혀라."

한 무인이 칼날을 들이밀자 운요는 가볍게 손가락으로 그 칼날을 붙잡았다.

"으……?"

움직여지지 않는다.

운요가 자신의 내공으로 그자의 칼을 억압해 버린 것이다. 마치 바위에 끼인 듯 움직이지 않는 칼의 모습에, 홀로 의자에 앉아 있던 남자가 입을 열었다.

"여긴 천회맹의 무한 지부요. 분명 오는 길에 여러 맹원들을 만났을 텐데?"

"그냥 걸어오니 닿더군."

운요는 피식 웃음을 보였다. 사실 소하와 함께 지붕을 넘어 그들을 추적한 것이긴 했지만, 운요의 말을 들은 남자는 그들의 무공에 대해 어느 정도 추측할 수 있었다.

"어느 문파의 고인(高人)이신지?"

"청성."

그 말에 일동이 술렁였다.

남자의 눈가에 희미한 이채가 흘렀다.

잠시 생각에 빠졌던 그는 이내 만면에 미소를 지으며 자리에서 일어섰다.

"청성신협(靑城新俠)!"

"그건 뭐지?"

운요가 인상을 찌푸리며 되묻자 남자는 손을 휘저으며 답했다.

"청성의 마지막 후예이자, 이제는 사라졌다는 비검을 익힌 천회맹의 신성(新星), 운 대협을 칭하는 말이지요."

모든 무인들의 눈에 감정이 맴돌았다. 그것은 소하 역시 알고 있는 감정이었다.

질투.

여기 있는 자들은 운요를 부러워하고 있었다.

뒷머리를 긁적이던 운요는 이내 한숨을 내쉬었다.

'제갈세가 놈, 잘도 퍼뜨려 놨군.'

아마도 소하와 운요의 행동을 제약하기 위한 일일 것이다. 운요가 소하를 보호하겠다는 뜻을 은연중에 내비쳤으니, 제갈위는 이러한 식으로 서서히 그들을 옭아매 버리려는 듯했다.

"그래. 그렇다면 이제 좀 이해가 됐나?"

남자가 옆을 눈짓하자 무기를 든 이들이 물러섰다.

"여기 오신 이유란… 저희와 함께 행동하시기 위해서란 걸로 받아들여도 되겠습니까?"

"그게 무엇인지는 들어보고. 일단… 아까 얻어맞던 작자들이 진짜 천회맹원이 맞나 궁금해서였거든."

운요의 말에 남자의 무시무시한 시선이 뒤쪽을 향했다. 아직도 얻어맞은 아픔을 지우지 못해 꿈틀거리고 있는 자들이 그곳에 있었다.

살의.

소하는 그것을 알아볼 수 있었다. 단지 천회맹의 명예를 더럽혔다는 것만으로도, 그는 저 백의를 입은 자들을 죽이려 하고 있었다.

"그 무례한 꼴은 제가 사과드리겠습니다."

"그럼 묻지."

운요는 척척 앞으로 걸어가 의자에 앉았다. 너무도 그 태도가 자연스러워, 소하마저도 당황할 정도였다.

"이곳에 무슨 이유가 있어서, 천회맹이 서성거리는 거지? 더군다나… 그쪽 같은 자들이."

남자의 눈이 가늘어졌다.

'제갈위의 허풍이라 생각했는데, 눈썰미가 좋군.'

운요는 그가 숨기고 있는 기운을 간파한 것이다.

"소개가 늦었군요. 함자령(含紫翎). 천회맹에서는 만락검(蔓落劍)이란 무명을 갖고 있습니다."

그는 그렇게 자신을 소개한 뒤, 가볍게 말을 이었다.

"아마 운 대협께서도 구미가 당기실 겁니다."

"음?"

함자령은 천천히 양손을 펼쳤다.

"저희가 노리는 것은 천하제일도(天下第一刀)."

소하의 눈이 동그랗게 변했다.

"굉천도 마령기의 유품인… 굉명입니다."

그 말에 소하의 눈썹이 흔들렸다.

'굉명.'

일찍이 들어본 바가 있었다.

"천하오절의 무기는 십사병 중에서도 선두를 다툰다고 들었지."

"값으로 따진다면 천금(千金)이라 해도 가늠할 수 없을 겁니다."

함자령의 말이 옳았다.

천하에서 가장 뛰어나다 일컬어지던 무인 중 하나가 사용했던 도, 더군다나 그것은 천하 명장 연필백이 만든 열네 개의 무기 중 하나가 아니던가.

운요는 그것에 흠 하고 짧게 한숨을 뱉었다.

"형인문이 그것을 갖고 있다면, 필연적으로 굉천도께서 원한 일일 테니, 지탄(指彈)을 피할 수 없을 텐데?"

"옳은 말씀이십니다."

함자령의 입가에 희미한 미소가 감돌았다.

"연관이 없는 저희가 그것을 노린다면, 당연히 그리 되어야겠지요. 하지만……."

소하는 눈을 번쩍 치켜들었다.

그 모습에 다른 천회맹의 무인들이 당황했지만, 이내 함자
령은 비릿한 미소를 지었다.

'이건.'

소하의 눈이 문을 향했다.

누군가의 그림자가 어려 있는 문. 서서히 열리기 시작하며
푸른빛의 무복을 걸쳐 입은 사내가 드러난다.

허리에 걸친 것은 두터운 도. 마치 번개를 웅축해 놓은 듯
날은 곧은 반원을 그린다기보단 이리저리로 튀어나와 있었다.

그 때문에 제대로 된 칼집을 찾을 수 없었는지, 날에 흰 천
을 둘둘 감은 채로 매달고 다니는 것이리라.

소하와 비슷한 나이대로 보인다. 날카로운 눈매. 긴 머리를
아무렇게나 묶어 뒤로 넘긴 사내는 이윽고 고개를 옆으로 슬
쩍 기울이며 안으로 들어섰다.

"초 대협. 빨리 오셨군요."

"약해 빠진 놈들이었으니."

그는 그리 말하며 손목을 털었다. 소하는 아주 미세하지만,
그의 옷깃에 묻은 핏물을 놓치지 않았다.

"전부 죽이는 건 오래 걸리지 않아."

차가운 목소리다.

운요는 저도 모르게 양팔에 힘이 들어가는 것을 느꼈다. 저

사내의 기운은 마치 저릿한 번개 같아, 그가 이 공간에 들어선 순간부터 주변 사람들을 모조리 억압하고 있었다.

"뭐지?"

그의 시선이 뒤늦게 소하와 운요에게로 향했다.

"아, 말씀이 늦었군요. 천회맹에서 오신 청성신협, 운요 대협과……."

"유소하입니다."

소하가 말을 덧붙이자 사내의 눈이 살짝 일그러졌다. 그러고는 이내 더 볼 가치도 없다는 듯, 고개를 돌려 버렸다.

"어중이떠중이들을 함부로 들이지 마라."

"대, 대협."

함자령이 놀라 그리 중얼거리자, 운요의 입가에 희미한 웃음이 떠올랐다.

"보는 눈이 없으니, 그 실력을 알 만하군."

그것에 순간 차디찬 침묵이 어렸다.

주변의 무인들이 모두 당황해 입을 쩍 벌렸고, 함자령마저도 웃던 표정이 무너지며 딱딱하게 굳어질 정도였다.

고개를 돌렸던 사내의 몸에서 기운이 일어났다.

소하의 눈가가 일그러졌다.

마치 번개 같았다. 바직거리며 체외를 두르는 내공. 강렬한 내공의 운집이 그러한 모습을 만들어내는 것이다.

"죽고 싶나?"

물음은 간단했다.

"내가 도리어 묻고 싶군."

운요는 홀로 웃음을 베어 문 채 그를 바라보고 있었다.

"청성의 검을 견식하지도 못한 채로, 정저지와(井底之蛙) 같은 짓거리를 해대는 놈이 오래 살 것 같진 않거든."

순간 소하는 거대한 기운이 몰려드는 것을 느꼈다.

운요에게 들어서 비로소 알게 된 기감(氣感). 그것을 통해 느껴지는 것은, 사내가 가지고 있는 거대한 살의였다.

"시험해 볼 테냐?"

그의 손이 허리춤에 걸린 도로 다가갔다. 운요 역시 웃고 있지만, 눈은 더없이 차가웠던 데다 손은 이미 칼자루로 향해 있는 터였다.

"초 대협!"

함자령의 외침이 그 침묵을 깼다.

"매, 맹의 원칙을 아시잖습니까!"

"맹원끼리는 공격하지 않는다? 자기들이 죽기 싫으니까 궁여지책으로 내놓은 헛짓거리지."

사내의 눈에서는 노란빛이 어른거린다.

번득이던 빛은, 이제 육안으로 확실히 느낄 수 있을 정도로 그의 주위를 돌며 섬광을 쏟아내고 있었다.

그 순간, 운요의 몸에서 일어난 바람이 섬광을 휘감았다.

함자령마저도 놀랄 수밖에 없었다. 이제껏 유명한 무인들을 제외하고는 이 사내의 기운을 맞받을 수 있는 자는 드물었기 때문이다.

청량선공의 기운이 단숨에 주변을 중화하자, 사내의 눈에 이채가 깃들었다.

"이제 좀 이름을 댈 마음이 생기셨나?"

운요의 목소리. 애초에 그는 싸울 마음이 없었다는 뜻이다.

사내의 입에 비릿한 미소가 감돌았다.

"초량(礎樑)."

운요 역시 은근히 느끼고 있었다.

"굉령도(轟嶺刀)……."

"널 기억해 두지."

그리 말한 초량은 운요를 바라보다, 이윽고 함자령에게로 고개를 돌렸다.

"형인문은 어떻게 되었지?"

"지, 지금 다시 한 번 방문해 이야기를 해볼 계획입니다. 이번에는 특별히 맹 소유의 상단에서……."

"지루하군."

초량은 그리 말한 뒤, 온몸에서 서서히 기운을 사라지게 만들었다. 소하는 바직거리는 기운이 허공에서 사라져 가는 모습을 홀린 듯 바라보고 있었다.

"내가 간다."

"대, 대협께서요?"

"내가 찾아야 하는 것이니, 당연한 일이지. 귀찮은 일 때문에 제법 돌아다니기도 했으니……."

그는 뚜둑 소리가 나도록 주먹을 쥐며 중얼거렸다.

"준비해라."

"예, 예!"

황급히 함자령이 그리 소리치자, 초량은 이내 저벅저벅 걸음을 옮겨 안쪽의 방으로 향했다. 잠시 쉴 생각인 듯했다.

"이거, 참."

천회맹의 무인들이 모두 당황해 그의 뒤를 따르는 꼴을 보고 있자니, 운요는 웃음이 나오는 것을 느꼈다.

"그래서 이렇게 나선 거였군."

굉령도 초량.

운요 역시도 사천의 기루에 다닐 시절 풍문으로 많이 들었던 이름이다.

"알고 있었어?"

"아뇨."

소하는 고개를 저었다. 초량에 대해서는 알지 못했다. 하지만, 그가 펼친 방금의 내공심법은 분명히 알고 있었다.

"이제 어느 정도 늘었으니, 나도 슬슬 제대로 상대해 줘볼까."

수련에 수련을 거듭하던 어느 날, 마 노인은 이제 소하의 수준이 꽤나 좋아졌다고 인정하며 전신에서 자신의 내공심법을 펼쳐 보였었다.

노란 기운이 마치 번개처럼 그의 몸을 두르던 모습. 초량의 것은 마 노인보다는 모자랐지만, 그 연원(淵源)이 같았다.

"황망심법(黃岡心法)."

"알고 있군. 저자가 바로……."

운요는 조용히 고개를 끄덕였다. 소하 역시 은연중에 느끼고 있었다. 그가 펼친 무공을 본 순간, 가슴에 아릿한 감정이 남을 정도였다.

"천하오절의 네 전승자 중, 쾅천도의 무공을 이어받았다 전해지는 자다."

*　　　　*　　　　*

"돌아왔느냐."

형인문은 깊은 산의 중턱에 위치하고 있는 문파다.

문광은 짐을 내려놓으며 조용히 고개를 숙였다.

"늦었습니다, 스승님."

마루에 앉아 있는 노인은 조용히 고개를 끄덕였다.

마른 몸. 더군다나 길게 기른 수염에 가려 마치 갈댓잎처럼 느껴질 정도의 모습이었다.

"싸움이 있었나 보구나."

문광의 입가에 웃음이 떠올랐다. 오랜 시간이 지났어도, 자신의 스승이 가진 눈썰미는 변하지 않았다.

"잘 해결되었습니다."

"아이들에게 미안한 일을 해버렸으니, 나의 잘못이다."

노인은 천천히 고개를 돌렸다. 그곳에는 어두운 표정의 장호와, 어찌할 줄 모르고 있는 태경이 서 있었다.

"들어와서 쉬거라."

두 명이 물러서자, 문광은 한숨을 푹 내쉬었다.

"날이 더 더워지고 있습니다."

"그러더구나. 이맘때쯤 되면 항상 그러했지."

노인은 앉은 채로 고개를 돌렸다. 원래라면 열 명이 넘는 인원이 훈련에 매진하고 있어야 했지만, 이제 그곳에는 아무도 남지 않았다.

문광은 씁쓸하게 그 빈 장소를 바라보고 있었다.

"천회맹은 광명을 넘겨주기만 한다면 전폭적인 지원을 해주겠다고 약조했습니다."

"......"

문광의 주먹이 부르르 흔들렸다.

"저는 괜찮습니다. 스승님의 마음을 모르는 것도 아니고⋯ 또한, 그것이 굉천도 마 대협과의 의(義)를 지키는 데에 더 옳다고 느끼고 있습니다."

천하오절의 무구, 당연히 모든 무인들이 군침을 흘릴 만한 소재일 것이다.

그러나 이제까지는 아무도 형인문에 간섭하지 못했었다.

너무도 유명하기에 그것을 제멋대로 손에 넣는 순간 만인에게 지탄을 받을 게 뻔하기 때문이었다.

그러나 시천월교의 멸망 이후, 천회맹의 준동으로 인해 상황은 뒤바뀌었다. 갑작스레 나타난 전승자들은 이제까지 준비했던 천하오절의 무공을 내세워 그들을 잇는다 주장했던 것이다.

그들은 당당하게 형인문에 찾아와, 굉천도의 유품을 요구해 왔다. 그에 따르지 않자 천회맹은 형인문을 압박해 들어갔다.

그리고 문파는 붕괴했다.

"하지만 아이들은 모릅니다."

문광은 그런 말을 하는 자신이 역겨웠다.

"저 아이들은 천하오절의 시대를 겪어보지 않았고… 시천월교의 지배만을 받아왔을 뿐입니다."

뒤쪽에서 걸음 소리가 들린다. 태경과 장호가 수련에 들어간 것이다.

문광은 입술을 꽉 깨물었다.

잠시 동안의 침묵이 어리자, 노인은 고개를 들어 하늘을 바라보았다. 호북의 여름은 지독히도 무덥다. 그는 쨍쨍한 햇볕을 응시하며 중얼거렸다.

"그렇지. 시대는 지나갔다."

"그렇기에 말씀드리는 겁니다."

문광의 목소리는 애처로울 정도로 흔들리고 있었다.

"이대로라면, 형인문은 망하고 말 겁니다. 제 안위에 대해서는 슬프지 않습니다. 다만… 아이들이, 본 문의 미래를 이어가야 할 아이들이 안타깝습니다."

노인의 입가에서 한숨이 새어 나왔다. 이제까지 그다지 보이지 않았던, 아주 약한 모습이었다.

"네가 옳다, 광아야."

하지만.

노인은 슬픈 눈으로 자신의 제자를 쳐다보고 있을 뿐이었다.

"그러나 그럼에도 이루어야 할 도리가 있다."

"……."

문광은 조용히 고개를 끄덕였다.

알고 있었다. 이 노인이 굉명이란 무기에 대해서는 철저하게 완고하다는 것을 말이다.

하지만 점점 형인문의 머릿수가 줄어들고, 천회맹에서는 이제 길거리에서 시비까지 걸어 폭력을 휘두르는 것을 보았기에 문광은 초조해졌던 것이다.

"생각을 해주실 순 없으십니까."

"그러마."

결국 물러설 수밖에 없는 문광이었다. 모두가 걸음을 옮겨 사라지자, 노인은 이윽고 나지막하게 한숨을 내뱉었다.

"도리라······."

그는 조용히 자신의 과거를 되새기고 있었다.

第三章
갈등

"흠. 이제 어떻게 할까?"

소하와 운요는 함자령을 비롯한 천회맹의 무인들에게 꽤나 좋은 대접을 받을 수 있었다.

평소라면 운요를 무시했을 이들 역시, 그가 청성신협이라는 무명을 얻게 되자 손바닥 뒤집듯 태도를 바꿔 버린 것이다.

객잔 하나에 방을 잡은 운요와 소하는 앞으로의 일에 대해 이야기를 나누었다.

"나도 꾕령도란 자는 듣기만 했지 처음 봤는데 과연 천하오 절을 잇는다 자처할 만하군."

솔직한 감상이었다. 그의 온몸에서 뿜어져 나오는 기운은 누가 보더라도 고개를 끄덕일 법한 것이었다.

"일찍이 굉천도의 도가 휘둘러지면 주변 사람들은 정신을 못 차렸다고 하지. 어마어마한 뇌성(雷聲) 때문에 말이야."

일찍이 모든 무인들이 경외했던 천하오절의 무공. 그것을 눈으로 보자 운요는 제법 신난 표정이었다.

반면 소하의 표정은 굳어져 있었다.

"무슨 일이라도 있냐?"

"아뇨, 그냥… 생각할 게 있었어요."

소하는 그를 본 순간 마 노인을 느꼈다.

강렬하게 전신에서 흘러나오는 힘. 일찍이 수련을 함께했던 그 나날들이 다시 떠오르는 것을 도저히 막을 수가 없었던 것이다.

"그 작자들이 노리는 건 굉명. 천하제일도라고 불렸고… 어마어마한 힘을 가진 무기라고들 했어."

운요 역시 어릴 적 무림사에 대해 들어온 터였다. 그가 알고 있는 천하오절의 정보 대부분은 시천마의 것이었지만, 다른 이들 역시 약간은 알고 있었다.

"그런데 왜 굉명을 다른 자들이 갖고 있는 거지?"

의문은 그것이었다.

어째서 굉천도의 무기인 굉명이 형인문이라는 들어본 적 없는 문파에 있으며 그걸 얻기 위해 천회맹이 움직여야 한다는 것인가?

소하 역시도 생각이 잘 이어지지 않았다. 그 상황 자체가 무언가 이상했던 것이다.

"빼앗겼던 게 아닐까요?"

"그랬다면 이런 식으로 할 것도 없었을 걸? 그냥 자기네들 무리를 우르르 끌고 와서 일방적으로 때려 눕혔겠지. 보니까 큰 문파도 아니었고 말이야."

소하가 고개를 끄덕이자 운요는 흠 소리를 냈다.

"그렇다면 답은 하나인데."

"설마……."

소하 역시도 그에 생각이 닿았다.

"전승자라고 해도, 제대로 인정받은 게 아닐 수 있겠지."

"천하오절을 잇는다는 말을 하며 현 무림에서 득세하고 있는 자들이지."

염노는 전승자들에 대해 그리 평했다.

그렇다는 건 그들이 천하오절의 제대로 된 후계(後繼)가 아니라는 뜻일까?

"그럼 얼추 가닥이 잡히긴 하는군."

운요의 눈이 반짝였다.

"본디 모든 일에는 명분(名分)이 필요한 법이잖아?"

"그렇군요."

그들이 굉명을 노리는 건, 전승자들이 천하오절을 정식으로 잇고 있다는 명분이 필요해서일지도 모른다.

그렇다면 이 기이한 행동들이 모두 설명된다. 운요는 그런 생각이 들자 허어 소리를 내며 고개를 젖혔다.

"하찮게들 구는군."

하지만 운요는 그게 마음에 들지 않았다. 초량의 능력은 누가 봐도 뛰어났다. 그의 소문이 사천에까지 흘러들 정도라면, 분명 상당한 무공을 지니고 있음이 분명할 것이다.

"어떻게 할까?"

"운요 형이 정하셔도 좋아요."

소하가 원하는 것은 무엇일까. 운요는 가만히 소하를 바라보다 이윽고 히죽 웃음을 흘렸다.

"그래… 네게 물어보고 싶은 건 산더미 같지만, 일단은 접어두지."

소하는 왜 천하오절에게 다가서려 하는 것인가. 운요는 그것이 의문이었지만 파고들지는 않았다.

"하지만 그 굉명이라는 무기를 한 번 보고 싶어요."

"나도 그래. 기왕 정보를 얻었는데 보지도 못하면 손해지."

서로 웃음을 보였다.

"그럼 천회맹과 조금 더 같이 움직이도록 할까. 마음에 드는 작자는 지금까지 한 명도 없었지만……."

운요는 손에 든 주머니를 짤랑거렸다. 이전 하오문에게서 받은 여비였다.

"천회맹에 들어가 있다고 하면 주루에서 대접이 좋다 하더라구."

"……."

소하의 눈길이 심상찮음을 느끼자, 운요는 황급히 말을 이었다.

"정보 수집. 정보 수집."

"……."

여전히 마땅찮단 눈을 하는 소하였지만, 이내 운요가 나가는 것을 배웅해 준 뒤 객잔 안으로 들어섰다.

'셋.'

소하의 감각은 객잔 안에서 은밀하게 소하에게로 시선을 보내는 자들을 놓치지 않았다. 이곳에서도 꾸준하게 기감을 단련한 덕이다.

아마도 함자령이 보낸 자들인 듯싶었다. 감시자들은 주민의 복장을 한 채 아무렇지 않게 식사를 하기도 하고, 잡담을 나누기도 했지만, 소하가 움직일 때마다 은근한 눈을 보내왔다.

방 안에 들어온 소하는 이윽고 가부좌를 틀고 앉으며 천천히 내공을 전신에 흘렸다.

매일매일 해왔던 천양진기의 수련. 그러나 어느 정도가 지나고 나서부터는 마치 벽에 막힌 듯 진행이 되지 않고 있었다.

"어느 경지까지는 노력으로 도달이 가능하다. 하지만 그 이후부터는 재능의 영역이지."

척 노인은 덤덤하니 그렇게 말할 뿐이었다. 다른 노인들 역시도 그게 맞다며 고개를 끄덕여 소하를 불안하게 만들었다.

'노력이 모자라면 어떻게 만회라도 할 수 있겠지만……'

소하는 한숨을 내쉬었다.

아직까지 소하는 천양진기 이식을 발동시키는 것으로도 몸이 괴로운 상태였던 것이다. 환열심환의 기운도 전부 녹아들지 못했고, 단전의 활성화도 제대로 이루어지지 않았다.

'이런저런 모자란 부분이 많네.'

늘 하루의 마지막을 맞이할 때면 소하는 스스로를 점검해 볼 때가 많았다. 현 노인과의 수업이 원인이었다. 그는 언제나 명상을 즐겼고, 자신을 탐구하는 일을 잊지 말라 말하곤 했다.

그때는 좀이 쑤시고 견디기가 어려웠지만, 시간이 조금 지나니 그 역시 나름대로의 운치가 있다는 생각이 들었다.

그러던 중 소하는 눈을 크게 떴다.

무언가가 객잔 안으로 들어왔다.

천양진기를 주변으로 펼친 상태인 소하에게 감지된 것은 바로 살기였다.

'뭐지?'

무기를 든 자가 셋.

소하에게 전해지는 것은 그들이 칼을 뽑아든 채 뚜벅뚜벅 나무 계단을 오르는 느낌이었다.

온다.

무기를 든 자들은 소하가 있는 방 앞에 멈춰 서고 있었다.

문을 두드리는 소리.

소하의 눈이 떠졌다.

콰아앙!

발로 차는 순간 문이 부서진다.

그리고 밖에서 쏟아지는 것은, 서슬 퍼런 칼날들이었다.

하지만 침입자들은 당황할 수밖에 없었다.

그 안에는 아무도 없었다. 문을 부수고 안으로 들어섰을 때, 보이는 것은 빈 방뿐이었다.

뒤늦게 침입자의 눈이 허공으로 향했다.

소하는 벽을 박차며 천장으로 몸을 띄우고 있었던 것이다.

콰직!

무릎으로 얻어맞자 한 명의 머리가 아래로 젖혀지며 그대로 고꾸라졌다.

"크읏!"

다른 남자가 칼을 내려친다.

하지만 착지한 소하는 즉시 땅을 짚으며 발을 휘둘렀다.

종아리가 걸리며 일제히 균형을 잃는 세 명.

소하는 칼을 휘두른 자의 팔을 붙잡아 비틀며 그의 손에서 무기를 빼앗았다.

"일단 물어보는데."

소하는 칼을 쥔 채로 그들을 바라보았다.

모두가 신음을 뱉으며 일어서고 있었다.

"당신들은 누구지?"

"빌어먹을, 천회맹 놈들……!"

쓰러진 자 한 명의 입에서 고함이 터져 나왔다.

그와 동시에 내공이 솟는다.

가장 뒤쪽에 서 있던 남자는 자신이 들고 있는 검을 휘둘러 소하를 향해 내려쳤다.

칵! 칵!

소하는 공격을 막아내며 빠르게 고개를 젖혔다.

뒤쪽에서 일어난 자가 손에 들고 있던 비도를 던진 것이다.

터엉!

문틀에 박히는 비도의 모습. 그들은 소하를 죽일 생각으로 공격해 오고 있었다.

'영문을 모르겠지만……!'

그렇다고 공격해 오는 자들을 봐줄 생각은 없었다.

소하의 몸이 순간적으로 빛을 뿜었다.

콰칵!

허공을 난 남자의 몸이 난간을 부수면서 아래로 굴러 떨어졌다. 소하의 주먹에 가슴을 얻어맞은 탓이다.

'다음!'

허리를 숙여 찌르기를 피하자, 즉시 칼이 뻗어져 적의 팔을 베었다.

검광이 번쩍였다.

"크악!"

소하는 유려한 움직임으로 셋을 동시에 날려 보낸 뒤, 천천히 팔을 내렸다.

기운을 숨기는 데도 미숙하고, 가진 무공도 아직 제대로 사용하지 못하는 자들이다. 그런 이들에게 소하가 질 이유는 없었다.

"이… 노오옴!"

괴성이 들렸다. 쓰러진 남자가 전력을 다해 몸을 튕기며 소하에게로 돌진했던 것이다.

투콱!

하지만 소하의 발이 단숨에 그의 가슴을 올려 찼다. 소하는 그가 의식을 잃고 쓰러지자 고개를 돌렸다.

그곳에는 비틀거리며 몸을 일으키는 남자가 있었다.

'이 사람이 제일 강해.'

상황을 주시하며 소하에게 치명상을 먹이려 들었었다.

"왜 이런 짓을 하는 거지?"

"크, 과연… 강하군……! 굉령도!"

초량의 무명이다.

소하는 문득 고개를 갸웃거렸다.

"네놈이 죽인 내 동생의 원수를 갚아야 한다!"

그가 검을 옆으로 눕히며 겨누자, 소하는 인상을 찡그릴 수밖에 없었다.

"사람을 잘못 알아본 모양인데……."

"문답무용!"

고함을 지르며 덤벼드는 이를 보자, 소하는 깊게 숨을 내뱉었다. 무작정 반격하기도 애매한 상황이 된 것이다.

'일단은.'

소하의 팔이 휘둘러졌다. 순식간에 그의 품으로 파고들어 간 소하는, 이윽고 손을 뻗어 그의 오른팔을 움켜쥐었다.

검로가 강제로 바뀐다. 남자는 소하의 힘에 놀라며 그대로 옆으로 패대기쳐졌고, 소하는 마지막으로 일어나던 이의 이마에 칼날을 들이대며 말을 이었다.

"난 초량이라는 사람이 아니야."

고요함이 일었다.

"지금부터 덤비지 않는다면 공격하지 않는다."

소하는 그리 말하며 천천히 칼을 내렸다. 모두가 신음만을 흘리고 있는 상황, 소하는 고개를 슬쩍 돌려 감시자들을 바라보았다.

그들은 묵묵히 탁자에 앉은 채, 소하의 상황을 살피고 있었다.

"거짓… 말 하지 마라……! 분명 네놈이라고……!"

그러나 문득 그의 눈이 소하가 들고 있는 검에 가 닿았다.

무릇 굉령도 초량이라 하면 유명한 그의 무구가 존재하지 않았던 것이다.

"아니, 분명……."

"이해한 것 같으니."

소하는 한 걸음 물러서며 조용히 말을 이었다.

"자세한 이야기를 듣고 싶은데."

"아니, 그 쓰레기들에게 이야기를 들을 필요는 없다."

소하의 눈이 아래로 향했다.

그곳에 서 있는 것은 초량이었다.

그는 검은 피풍의를 걸친 채 음산한 눈으로 위를 바라보고 있었다.

"하찮은 작자들이지."

"초… 량……!"

그 순간.

소하의 앞에서 엎드려 있던 남자가 벌떡 일어섰다.

몸에서 피를 흘리고 있음에도, 그들은 괴성을 지르며 아래로 달려가기 시작했다.

번쩍이는 빛.

한 남자가 품속에 숨겼던 비도를 쏘아내었다.

고갯짓으로 그것을 피한 초량은 조용히 앞을 바라보며 중 얼거렸다.

"또 무슨 원한으로 온 거지? 얼굴도 알아보지 못한 거면, 형 편없이 도망간 쓰레기인 모양인데."

그것에 한 남자가 고함을 질렀다.

"너는 우리가 자리를 비운 사이… 스승님과 사제를 죽였 다!"

카앙!

칼날이 땅에 틀어박히며 쇳소리를 냈다.

"유구삼협(流丘三俠)은 원한을 잊지 않는다!"

"거창하군."

초량은 상체를 비트는 것만으로 그들의 공격을 모두 피해 내고 있었다.

"최근에 죽였던 놈들 중에 있는 건가?"

"크으윽!"

초량의 목소리는 아무렇지도 않다는 듯 평온했다.

"요즘 죽인 놈이 하도 많아서 기억이 잘 나지 않는군."

그에 비해 격렬한 공격을 계속해 나가는 세 남자의 숨소리 는 점차 거칠어지고 있었다.

부드럽게 몸을 비틀며 공격을 피하던 초량의 눈이 순간 이 채를 띠었다.

"아, 그건가."

카악!

순간 초량의 손이 뻗어나가자 휘둘러지던 칼날이 멈췄다. 그가 손가락으로 칼을 붙잡아 버린 것이다.

"분명… 아프다고 엉엉 울던 꼬마가 하나 있던 것 같은데."

남자의 눈에서 불똥이 튀었다.

"맞나?"

"죽어라!"

두 명이 뛰어들었다. 한 손이 막혔으니, 두 명의 공격을 모두 막아내지는 못하리라 여겼던 것이다.

하지만 그 순간 초량의 손이 허리춤의 도병(刀柄)으로 향했다.

"잠깐……!"

소하는 그가 무슨 짓을 하려는지 깨닫자 그대로 소리를 쳤다.

하지만 초량은 멈추지 않았다.

스콰가각!

도를 감은 흰 천이 핏물에 젖는다.

한 명의 쇄골부터 가슴까지를 내리 가른 도는, 이윽고 섬뜩한 소리를 내며 허공으로 핏물을 날렸다.

"사… 형……!"

그의 눈이 뒤집어지며 즉사하자 초량은 발로 시체를 밀어빼며 히죽 미소를 지었다.

"똑같이 죽고 싶다면야 말리지 않으마."

이어 덤벼들던 다른 한 명의 가슴을 도신이 관통했다.

"꺼으윽!"

끔찍한 아픔에 괴성을 지르는 모습. 칼날이 붙잡힌 남자는 팔을 마구 움직이며 칼을 빼려 해봤지만 초량의 손은 전혀 움직이지 않았다.

"이제 유구일협인가?"

두 명이 시체가 되어 나뒹굴자, 남자의 얼굴에 절망이 어렸다.

그는 손을 놓았다.

몸을 돌렸다.

소하는 이층에서 그의 눈을 보았다.

눈물로 범벅이 되어 있었다.

그 순간 소하와 눈이 마주치자, 그는 입을 꽉 악다물었다. 두 눈에서는 결연한 의지가 번득이고 있었다.

"크으윽!"

몸을 돌린다.

그는 도망치려던 마음을 포기하고, 맞서 싸우기로 결정했던 것이다.

그러나 초량은 그에게 있어 너무나도 큰 벽이었다.

"도망치려거든 덤비지도 말았어야지."

그리 비꼰 초량의 몸에서 번쩍이는 기운이 일었다.

어떻게든 막아내려 했다. 그러나 순식간에 초량의 도는 그의 칼을 날려 버리며 앞으로 향하고 있었다.

파고드는 칼날.

남자의 팔이 마구 퍼덕였다.

"크아아악!"

고통을 도저히 견디지 못한 탓이다. 하지만 이미 초량의 도는 그의 몸을 전부 휘저어 놓았고, 그는 붉은 피를 맞으며 시체를 옆으로 쓰러뜨렸다.

점소이를 비롯한 손님들은 모두 비명을 지르며 도망쳐 버린 뒤였다.

초량은 피에 젖은 손으로 머리를 쓸어 넘기며 피식 웃음을 흘렸다.

"병신 같은 새끼들."

그는 고통 속에 일그러져 죽은 남자의 머리를 걷어찼다.

소하는 저도 모르게 고함을 내질렀다.

"지금 무슨 짓을……!"

쩌렁쩌렁한 울림. 그것에 초량은 눈을 돌렸다.

"청성파 놈하고 같이 있던 놈인가."

소하에 대해서는 아무 기억도 갖고 있지 않았다.

"덤벼들어서 죽였는데 무슨 문제가 있나?"

초량은 시시하다는 듯 그의 머리를 꽉 내리밟았다. 고통스럽게 굳어진 얼굴이 우스꽝스럽다는 듯 초량은 입가에 비웃음을 매달고 있었다.

"약해 빠진 놈들이 제 수준을 몰랐던 거지."

그 순간 소하는 난간을 붙잡았다.

땅을 박찬다.

그대로 이층에서 아래로 착지한 소하는 숨을 내뱉으며 초량을 노려보았다.

"죽이지 않을 수 있었잖아."

"왜 내가 죽이지 말아야 하지?"

그는 그렇게 말하며 도에 어린 핏물을 허공에 튕겼다.

"그리고……."

음산한 눈빛이 번득였다.

"말이 짧군, 네놈."

쇄카아악!

도가 휘둘러졌다.

명백히 소하의 팔을 부러뜨릴 만한 기운이 날아들고 있었다.

초량은 소하에게 별 관심이 없었다.

아무리 센 척을 해봤자 자신의 한 수에 바닥에 엎드려서 울음을 터뜨릴 게 뻔해 보였다. 생긴 것도 유약해 보이고 말이다.

그렇기에 그냥 소하를 굴복시키고 떠나가려 했던 것이다.

질풍이 일었다.

"흠!"

초량의 눈이 살짝 동그랗게 변했다.

소하는 그 보이지 않는 참격의 궤도를 피해내는 동시에, 땅을 박차며 초량의 앞에 도달했다.

그가 제대로 인지할 수도 없는 속도.

"시작은 그쪽이 했으니."

소하의 팔이 휘둘러졌다.

카아앙!

큰 소리가 울렸다.

소하의 검을 받아낸 순간, 초량은 자신의 팔에 어리는 심상찮은 충격을 느꼈다.

"불만은 없겠지."

"호오."

싸늘한 소하의 목소리에 초량의 눈가가 슬쩍 휘어졌다.

"제법인데."

*   *   *

"청성신협이다."

주루에 심상찮은 공기가 감돌았다.

운요가 발을 내디딘 순간, 근처에 있던 이들이 그를 알아보곤 숨을 죽인 것이다.

기루를 안내하는 이 역시 주위들은 게 있었는지, 허리를 계속해서 굽실굽실 숙여대며 운요에게 좋은 자리를 안내하고 있었다.

'이 정도라면 본격적으로 정보를 팔고 있는 거로군.'

운요의 신상(身上)을 모두 알고 있다는 뜻이나 다름없었다.

'천회맹은 세력을 넓히고 싶어 하니.'

겉으로는 아무 표정을 드러내지 않은 채, 운요는 창가의 자리에 앉으며 술을 시켰다.

하지만 관심은 계속된다. 옆쪽에서 기녀 몇이 기웃거리며 운요의 옆자리에 앉을 틈을 노리고 있는 것이 느껴질 정도였다.

'이렇게 해서 천회맹의 호위(虎威)에 점점 감복하라는 뜻인가. 제갈위라는 놈도 교활하군.'

그렇다 해도 즐길 건 즐겨야 한다.

운요는 씩 미소를 지으며 술잔을 기울였다.

"여기, 합석해도 되겠소?"

덩치 큰 거한이 다가오지 않았다면 말이다. 운요는 잠시 미간을 찡그리다 이내 조용히 입을 열었다.

"미인이 아니라면 거절하겠소만."

"하하, 내 여성의 몸이었다면 그랬을 수도 있지."

그는 막무가내로 자리에 앉았다. 운요는 흠 소리를 내며 빈 술잔에 술을 따르고 있었다.

"그럼 벌주(罰酒)로 석 잔 드리지."

"호의에 감사하오."

거한은 서슴없이 잔을 들이킨 뒤, 이내 숨을 뱉으며 말을 이었다.

"후우, 대협에 대한 이야기는 많이 들었소. 최근 창궐하는 백면과의 싸움, 그리고 천회맹과의 협력을 통해 청성의 비검을 첫 선보였다지?"

"그게 그리 퍼졌던가."

운요는 씁쓸한 웃음을 지었다. 천회맹은 아마도 운요를 통해 자신들의 정통성을 더욱더 공고하게 만들 생각인 모양이었다.

그의 손에 붙잡힌 전낭이 순식간에 사라졌다. 탁자 밑으로 건넨 돈, 그것에 거한은 전혀 표정의 변화를 보이지 않은 채 이야기를 이어갔다.

"백면이란 신비조직(神秘組織)은 천회맹과 비슷한 시기에 만들어진 모양이오. 자세한 정보가 알려져 있지 않고, 오로지 그들이 쓴 독특한 가면이 유명할 뿐이지."

"무림사에 간섭하는 자들인가?"

"사실 제대로 모습을 드러낸 건 이번 묵궤 사건이 처음이오. 만박자의 묵궤라면 누구나 탐을 낼 만하지만… 이번에 대협 덕에 그들의 알 수 없는 의도를 막았지 않겠소. 하하하!"

그는 한 잔을 더 쭉 들이키며 중얼거렸다. 운요는 찜찜하단 표정으로 술을 따라주며 말을 이었다.

"그건 아무래도 좋은 일이지. 그럼 딱히 백면에 대해 드러난 것은 없다는 뜻이겠군."

"그들이 노리는 게 무엇인지는 모르겠으나… 최근 들어 천회맹의 행사를 방해하는 일이 잦아졌다고 하더군. 최근만 해도 곡원삭(谷愿朔)이 공격을 받았다고 하오."

"곡원삭?"

운요가 궁금해하자 그는 쯧쯧 하고 혀를 찼다.

"하긴 그의 본명을 모르는 이는 꽤 많지. 일원지(一元指)라면 아시겠소?"

"만박자의 전승자인가."

일원지란 만박자의 무공을 물려받은 전승자의 무명이었다. 곡원삭이란 자 역시 초량과 같이 전대의 천하오절이 가진 무공을 사용하는 모양이었다.

"어떻게 됐지?"

"뭐, 전 무림에 명성이 자자한 일원지가 그리 쉽게 죽지는 않았지만 잘난 자존심에 상처를 입긴 했겠지. 그래서 우리들도 요즘 꽤 바빴소. 동분서주(東奔西走)하느라 말이지."

거한은 씩 웃어 보였다.

그는 정보상이다. 무한에 들어와서 운요가 처음으로 한 일은 비밀리에 정보를 캐낼 자를 찾는 것이었다.

주루는 사람이 많고 시끄러운 곳이다. 그런 이들과 함께 대화를 주고받기에는 더없이 알맞았다.

"초량은?"

"굉령도라… 요즘 들어 형인문과의 분쟁이 잦아지고 있소. 단독 행동이라 그와 적대하는 세력인 상관휘나 제갈위 같은 이들에게는 더없이 눈엣가시인 모양이다만."

그는 껄껄 웃으며 또다시 잔을 들이켰다. 안주를 곁들이지도 않고 넉 잔이나 연거푸 마시자, 거한의 뺨에도 희미한 홍조가 감돌고 있었다.

운요는 전낭을 하나 더 넘겨주며 말을 이었다.

"그는 왜 굉명을 노리고 있지?"

"뭐, 아마 대협도 아실 만한 그 이유요. 소문이지만… 그들은 천하오절의 무공을 '제대로' 이어받지 않은 것 같더군."

"제대로……?"

거한은 씨익 웃어 보였다. 입에서는 이미 주향이 은은하게 풍기고 있었다.

"천하오절의 넷은 갑작스레 실종되었소. 시천마의 천하비무(天下比武)에 희생되었단 말이 있지. 자신의 무공이 천하제일에 닿았다 여기던 오절이, 쉽사리 제자를 둘 리가 만무하지 않소?"

"그들은 제자를 두지 않았었군."

"우리가 아는 바로는 그렇소. 그런데 갑자기 시천월교의 동란이 끝나갈 즈음, 천하오절의 무공을 들고 나온 이들이 나타나니 의심이 들 수밖에 없지."

그럴 듯한 추측이다.

하지만 초량이 펼치던 기운은 확실히, 전 무림에 명성이 자자했던 황망심법이 분명했다.

'소하는 그걸 알아봤었다.'

문득 운요는 눈살을 찌푸렸다.

소하는 무림사에 대해 거의 무지하다시피 한 아이다. 어디서 자랐는지 현재 무림이 어떠한 상황에 처해 있는지 하나도 알지 못했던 것이다.

'그런 녀석이 황망심법에 대해선 알고 있다?'

게다가 소하가 펼치는 무공, 그것이 무엇인지는 알 수 없었지만 분명 고절함에 있어서는 청성의 검과 비견해도 모자람이 없다는 생각이 들었었다.

그렇게 운요가 의문을 가질 무렵, 벌컥 주루의 문이 열렸다.

"옆쪽 객잔에서 싸움이 났소!"

외침. 그것에 몇 명의 남자가 옆을 돌아보았다.

"그게 뭐 어쨌단 말인가? 무림에서 싸움이 하루 이틀인가?"

당연한 말이었다. 운요나 거한도 그에 대해서는 공감하고 있었다.

"그, 그게 다가 아니오! 굉령도가 싸움을 벌이고 있소!"

"굉령도?"

"굉천도의 무공을 물려받았다는 그자인가?"

의자가 밀리는 소리가 일었다.

우르르 몰려나가는 자들.

"옆 객잔이라면……."

운요는 인상을 가득 찡그렸다. 혹시나, 하는 예감이 들었던 것이다.

"대협도 관심이 있소?"

거한은 허겁지겁 일어나며 술잔을 비우고 있었다.

"혹시나 싶어서."

운요는 일어서며 한숨을 내뱉었다.

"안 좋은 예감이 맞지 않기를 바라야겠군."

*　　　　*　　　　*

카아아앙!

쇳소리가 귓전을 파고들었다.

소하의 검과 초량의 도가 서로 어우러지는 순간 매섭게 서로에게로 공격을 뻗어내고 있었다.

불똥이 튀자, 소하는 눈살을 찌푸리며 몸을 휘돌렸다.

손에 들린 검이 흰 궤적을 그리며 여섯 개로 갈라졌다.

초량의 팔이 뒤흔들렸다.

그것은 마치 그물처럼, 순식간에 허공에 도격을 쏟아내며 소하의 공격을 모조리 튕겨내고 있었다.

"하!"

초량의 입가에 웃음이 흘렀다.

"이것 봐라……?"

소하 역시 마찬가지다. 초량의 공격은 아직까지 소하에게
하나도 상처를 주지 못했던 것이다.

"재밌군!"

그와 동시에 허공에 참격이 어렸다.

소하의 눈이 흔들렸다.

"제칠초. 공파(空破)다. 이걸로 멀리 있는 귀찮은 놈을 날려 버
릴 수 있지."

목소리가 떠올랐다.

콰아아앙!

먼지와 함께 객잔의 벽이 박살 나며 잔해가 튀었다. 참격이
유형화되며 그대로 벽에 틀어박혔던 것이다.

초량은 고개를 돌렸다. 소하는 어느새, 허리를 숙이며 그에
게로 바짝 접근해 있었다.

파악!

날아오는 발차기를 왼팔로 막아낸 초량의 눈이 번득였다.

'궤적을 읽었다?'

공파는 처음 상대하는 자를 기습하기 가장 좋은 초식이다. 그 누가 허공격상(虛空擊傷)의 기술을 한 번에 추측할 수 있겠는가.

하지만 소하는 보는 순간 바로 반응했다.

소하가 굉천도법을 익히고 있다는 사실을 모르는 초량에게는 놀랄 만한 일이었다.

번개처럼 발차기가 갈라진다.

파악! 파악!

초량은 체내까지 전해지는 묵직한 충격에 인상을 찡그렸다.

'꽤나 타격을 제대로 하고 있군.'

내공을 싣는다는 건 어려운 일이다. 심법의 힘으로 내공을 불린다 해도, 그 내공을 체외로 내보내거나 육체에 싣는 것은 또 다른 노력을 필요로 하는 것이다.

초량의 입가에 비릿한 미소가 흘렀다.

바지지직!

"윽!"

소하는 저릿한 충격에 손을 빼며 뒤로 물러섰다.

초량은 가볍게 왼팔을 들어 올리고 있었다.

노란 기운이 흐른다. 마치 벼락을 두른 듯, 그는 전신에서 내공을 솟구치게 하며 즐겁다는 미소를 짓고 있었다.

"너 따위 쓰레기에게 이 힘을 쓴다는 건 아쉬운 일이지만……!"

황망심법.

소하는 그런 초량을 볼 때마다, 눈앞에 누군가가 그려지는 것만 같았다.

"뭐 하냐, 꼬마. 어서 일어나서 준비해라. 밥 먹기 전에 땀을 흘려줘야지."

목도를 어깨에 걸친 채 심드렁하니 그를 바라보고 있는 노인.

그러나 소하가 일어서면, 그의 입가에는 씩 미소가 깃들곤 했다.

땅을 박찬다.

객잔에 들어오는 수많은 사람이 모두 숨을 죽이며 그 싸움을 주시하고 있었다.

"네게 견식(見識)의 기회를 주지."

초량은 자세를 옆으로 돌렸다.

오른팔을 아래로 내리며 뒤로 향한다.

온몸에서 일어나는 번개, 그 즉시 초량의 몸이 앞으로 쏘아지기 시작했다.

여섯 방향.

소하는 순간 자신에게로 폭풍이 몰아쳐 오는 것만 같았다.

우르르르릉……!

굉음이 울린다. 바라보고 있던 모두의 눈이 휘둥그레질 정도의 모습이었다.

칼날의 소나기.

소하는 검으로 그것을 비껴내며 즉시 초량에게로 파고들려 했다.

카악!

초격(初擊)은 막았다. 육방(六方)을 단숨에 쓸어내 버리는 초식. 소하도 이미 알고 있는 것이었기 때문이다.

하지만.

"안타깝군."

초량의 입가에 미소가 걸렸다.

소하가 들고 있던 칼이 뭉그러진다. 극양의 기운을 견뎌내지 못한 탓이다.

"크윽!"

소하는 즉시 고개를 젖히며 몸을 뒤로 날렸다.

전진을 막아내며 상대를 한없이 몰아붙이는 초식. 마 노인의 성격과도 아주 잘 맞는 초식이었다.

"이거면 어지간한 놈들은 나가떨어진다."

그러면서 씩 웃었었다.

피가 튀었다.

소하는 아슬아슬하게 오른팔을 비껴 나가는 도를 보며, 즉시 빙글 몸을 돌렸다. 더 이상 칼날의 소나기를 막아낼 수 없었기 때문이다.

우당탕!

탁자를 넘어뜨리며 미끄러져 나가는 모습. 초량은 그런 소하를 가만히 내려다보며 도를 내리고 있었다.

"쓰레기답게 발버둥 치는 모습이 어울리는군 그래."

소하는 자신의 오른손을 바라보았다. 칼날은 흐물흐물 녹아, 칼밑 위쪽이 아예 사라져 있었다.

"이게 굉천도법의 최종초식. 천장우(天仗雨)다."

침을 넘기는 소리만이 울렸다.

초량은 소하의 칼을 바라보며 씩 웃음을 짓고 있을 뿐이었다.

"이제 그만하지그래."

소하와 초량의 눈이 뒤쪽으로 돌아갔다.

그곳에서 나타난 운요는 조용히 사람들 사이를 걸어 앞으로 나서고 있었다.

"다음은 너냐?"

"바란다면."

운요의 손이 칼집을 짚었다.

"오른팔 하나쯤은 떨어져 나가게 해줄 수 있지."

"하하!"

초량의 눈에 살기가 번득였다. 해볼 테면 해보라는 뜻이다.

운요가 뒤를 눈짓한 순간 기다렸다는 듯이 함자령을 비롯한 천회맹의 무인들이 튀어나왔다.

"초 대협!"

그와 동시에 천회맹의 무인들은 객잔을 감싸며 사람들을 밀어내기 시작했다.

순식간에 객잔 문이 닫히고, 안에는 객잔의 점소이를 비롯한 이들만이 벌벌 떨고 있을 뿐이었다.

"맹우(盟友)와 불화가 일어서는 안 좋은 소리가 나올 수 있습니다."

"귀찮군."

초량은 그리 중얼거리며 도를 아래로 내렸다.

"시체나 정리해라."

유구삼협의 시신을 바라본 함자령이 즉시 고개를 끄덕인 뒤, 그는 서슴없이 걸음을 옮겨 밖으로 나서기 시작했다.

운요는 소하에게로 시선을 돌렸다.

일어선 소하는, 툭툭 먼지를 털며 자신의 오른팔을 내려다보고 있었다.

*　　　　*　　　　*

"어쩌다 그렇게 된 거냐."

운요는 투덜거리며 약을 가져와 소하에게 넘겨주었다. 창상(創傷)은 이후 상처를 악화시킬 수 있었기에, 되도록 빨리 처치를 해두는 게 좋았다.

객잔은 한참 소란스러웠다. 망가진 기물에 대한 보상도 해야만 했고, 또한 나가 달라는 객주의 시선을 견디기도 어려운 처지였다.

"마구 날뛰다간 무림에서 살아남기 힘들어."

소하는 꾹 입을 다문 채 붕대를 자신의 팔에 감고 있었다. 운요는 금창약을 꺼내 상처에 바른 뒤, 자신이 붕대를 뺏어 직접 감아주었다.

"초량이 죽인 자들은 초량에게 멸문된 문파의 생존자들이라고 하더군."

유구삼협이라고 했다. 소하는 그들의 마지막 모습이 떠오르는 것에 후우 하고 길게 한숨을 내쉬었다. 아직도 그들을 베며 미소 짓는 초량을 떠올리니, 손가락 마디마디에 힘이 꽉 실리는 기분이었다.

"복수하고자 하는 이는 이 무림에 많지. 워낙 원한이 난무하는 곳이니까."

붕대의 매듭까지 깔끔하게 지은 운요는 손을 놓으며 중얼거렸다.

"하지만 복수를 이룬다면 어떻게 되지?"

"네?"

"만약 이번에 그 작자들이 초량을 죽였다면, 천회맹은 무림 끝까지 쫓아가 그들을 잔인하게 죽였을 거다. 그들의 가족까지."

당연한 일이다.

"어떻게 되든 간에, 그자들에게 남아 있는 건 죽는 일뿐이었다는 거야."

"하지만……!"

소하는 이내 고개를 숙였다. 운요의 말이 옳다는 것을 느꼈기 때문이었다.

"그들도 알고 있었을 거다."

소하는 남자의 비장한 눈을 기억하고 있었다. 그들은 일사불란하게 덤벼들었고, 함께했던 이들이 죽는다 해도 필사적으로 초량에게 공격을 시도했다.

결국 말을 잃는 소하를 보며, 운요는 한숨을 내뱉었다.

"나였어도 화가 났을 거야. 초량이란 놈은… 사람을 죽이고 제멋대로 구는 걸로 유명하지. 굉천도법을 익혔다고 우쭐대고 있어."

무공이란 곧 무림에서의 지위와도 같다. 초량은 그렇기에 콧대를 세우고 다닐 수 있는 것이다.

"굉천도법."

소하는 그 이름을 조용히 중얼거려 보았다.

"굉천도법을 배우면 무림에 있는 대부분의 잡놈들은 내려다볼 수 있을 거다."

마 노인의 말이 맞았다. 굉천도법의 모습. 자신이 아닌 다른 이가 펼치는 것을 오랜만에 보았기에 순간적으로 시선을 빼앗겨 버렸다.

"일단 천회맹에는 잘 말을 해뒀다. 그 상황을 오해했다고 했으니 맞춰서 행동해 둬."

소하의 눈에는 아직도 불만이 어려 있었다.

"나는 네가 천하오절과 관련이 있다고 생각한다."

운요는 소하를 똑바로 바라보며 말을 이었다.

"하지만 지금처럼 행동해서는 네가 원하는 걸 이룰 수 없어. 나는 나와 수련을 구해주고, 모든 이에게 청성검공을 선보일 수 있게 해준 너를 죽게 놔두기 싫다."

하고 싶은 일을 모두 할 수는 없다.

운요는 그렇게 말하고 있는 것이다.

"…성급했어요. 죄송해요."

"아니, 사실 네가 옳지. 그저… 그걸 용납하지 못하는 나쁜 작자들이 너저분하게 널려 있는 게 문제인 거야."

그의 손이 소하의 어깨를 두들겼다.

"개인적으로는 아쉽다. 칼만 망가지지 않아도 해볼 만했었지?"

소하의 눈이 슬쩍 휘어졌다. 운요의 장난스런 목소리에 무거운 마음이 조금 풀렸기 때문이었다.

"칼은 나중에 적당한 걸로 하나 사놓자. 하오문에서 받은 여비가 다 떨어져 가긴 하는데… 뭐, 천회맹에서 또 받으면 되지."

그는 그리 말한 뒤 자리에서 일어났다.

"듣자 하니, 초량을 비롯한 자들은 이제부터 형인문에 방문할 모양이야. 말이 방문이지, 사실 굉명을 내놓으라고 협박을 해대고 있는 거겠지만."

따라가는 편이 낫지 않겠냐고 말하는 것이다.

소하는 고개를 끄덕였다. 일단 상황이 어찌 된지는 잘 모르겠지만 움직여야 했다.

"그리고 아마… 이 일들이 모두 연결되어 있는 느낌이다."

"네?"

소하가 묻자, 운요는 턱을 쓰다듬으며 중얼거렸다.

"처음 그 유구삼협이라는 자는, 너를 습격했다고 했었지?"

그들은 소하를 초량으로 착각했었다.

"알아보니, 그들이 처음 접촉한 자가 바로… 함자령의 부하라고 하더군."

그는 일부러 소하의 정보를 알려준 것이다.

감시자들의 눈을 떠올리던 소하는 고개를 끄덕였다.

"시험해 보려는 거였을까요?"

"아마도 그렇겠지? 하지만 상당히 기분이 나쁜 건 변함없어."

지금은 차분히 말하고 있지만 그걸 깨달았을 때 운요는 머리끝까지 화가 치밀었었다. 그런 식으로 졸렬하게 자신들의 힘을 시험하려 들다니!

하지만 그것이 무림이다. 이용당하는 자가 어리석은 곳. 그렇기에 아무 말도 하지 않았던 것이다.

"그쪽도 우리를 신뢰하진 않을 거다. 그러니, 잘 행동하자구."

"네."

운요는 자리에서 일어섰다. 그렇게 되었다면, 빠르게 움직여서 함자령에게 자신들의 동행 의사를 전해야만 했다.

"좀 쉬고 있어. 다행히 살갗만 베여서 움직이는 데 지장은 없을 거다."

안 그래도 소하는 환열심환을 먹은 몸이다. 벌써 갈라진 살이 달라붙고 후끈거리는 열이 상처 부위에서 솟고 있는 상황이었다.

운요가 방을 나서자, 소하는 가만히 자신의 손을 내려다보았다.

쏟아지는 도격.

굉천도법을 처음 보았을 때의 기분이 다시금 떠올랐었다.

'그런 자가.'

소하는 주먹을 꽉 쥐었다.

＊　　　　＊　　　　＊

"헉, 헉⋯⋯!"

태경의 입에서 거친 숨이 토해져 나왔다.

형인문의 형월도는 복잡한 동작보다는 여러 번의 반복 수련을 통해 초식을 체득시키는 데에 목적을 두고 있었다.

그렇기에 하루 종일 똑같은 초식을 반복하자니, 온몸이 쑤시고 땀이 줄줄 흘렀던 것이다. 이마에서 흐른 땀이 눈을 타고 코 밑까지 흘러내리는 것에, 태경은 고개를 흔들어 그것을 털어내었다.

장호의 마땅찮은 눈이 그리로 향했다.

태경은 땀을 닦은 뒤, 다시 위에서 아래로 목도를 휘두르며 기합을 지르고 있었다.

"어수룩한 놈."

장호는 그리 중얼거렸다.

그러고는 자리에서 일어나 천천히 태경에게로 걸어갔다.

휘두르던 목도가 붙잡힌다.

놀란 태경이 고개를 들자, 그곳에는 장호가 있었다.

그는 꽉 목도를 쥔 채로, 태경에게 차디찬 눈을 향했다.

"그렇게 수련한다 해서 뭐가 나아질 줄 아느냐."

"사형······."

그는 목도를 비틀어 빼앗은 뒤, 땅에 거칠게 내던져 버렸다.

"어차피 아무것도 할 수 없다는 걸 알지 않나! 이제 곧 그 놈들이 올 텐데!"

태경은 사형의 갑작스런 고함에 어쩔 줄 몰라 하는 표정이 되고 있었다. 이전 천회맹의 무인들에게 얻어맞은 뒤부터 그가 계속 어두워져 있다는 사실은 알았지만, 이리 나올 줄은 몰랐던 것이다.

"장호야!"

뒤에서 들리는 소리. 소란에 문광이 그리로 향했던 것이다.

"사제에게 그 무슨 행패냐!"

"사형도 알고 계시지 않습니까! 이미 우리 문파는 글렀다는 걸!"

장호는 거칠게 문광을 노려보며 소리를 질렀다.

"이십을 넘었던 문원이 다 사라졌잖습니까! 천회맹 놈들이 주변을 틀어막고, 협박해 대는 꼴에 버티지 못한 놈들이 태반입니다! 차라리 돈을 받읍시다, 사형. 그래야 어떻게든 먹고 살지요!"

땅을 구르며 고함을 지르는 모습에, 문광은 착잡해질 수밖에 없었다.

"그것이 도리가 아님을 너도 알고 있······."

"알면 뭐합니까! 당장 굶어죽게 생겼는데! 이 녀석을 보십시오! 이게 뭐하는 짓입니까! 대체!"

고함을 지른 장호는 이내 주먹을 꽉 쥐며 턱을 부르르 떨었다.

"차라리 이럴 거면 그냥 그 굉명인지 뭔지를 넘겨 버리고 자리를 옮깁시다, 사형. 주변의 소문 따위 몇 달만 지나면……!"

"우리에겐 평생 남는 굴레가 될 것이야."

장호의 얼굴이 일그러졌다.

"평생, 너 역시도 절대 피할 수 없을 게다. 도리를 저버리고 당장의 사욕(私慾)을 택했노라고. 스스로 짊어지고 싶으냐?"

문광의 말은 옳았다. 굉명을 넘기는 건, 옳지 않다는 것도 알고 있었다. 초량은 굉령도라는 이름을 쓰면서, 너무나 많은 살인을 자행하는 악인이었기 때문이다.

"사형은 강하니까 그런 말을 할 수 있겠지요."

문광은 인상을 찌푸렸다.

"나는 아닙니다! 꼴사납게 그놈들에게 얻어터지는 꼴을 보지 않으셨습니까! 나도… 노력했는데……! 그놈들보다… 더 노력했는데!"

찢어져라 소리를 지른 그는 눈에 그렁그렁 눈물이 맺힌 채로 흑 소리를 내뱉었다.

"왜 이렇게 비참해야 합니까……!"

문광과 태경은 입을 꼭 다문 채, 장호를 빤히 바라보고 있었다.

"그렇다 해도 스승님의 마음은 변함이 없으실 게다."

"큭……!"

"조금 마음을 편하게 먹고 쉬어라. 내가 어떻게든 이후 먹을 것들을 조달해 올 테니……."

문광도 마음이 착잡하긴 마찬가지였다. 장호는 자존심이 센 성격이다. 그런 그가 일방적으로 얻어맞은 데다 문파의 모욕까지 당했으니, 마음이 무너지지 않는 게 이상한 일이다.

결국 장호는 몸을 돌려 그 자리를 떠나가 버렸다.

"사형……."

태경이 멍하니 그리 중얼거리자, 문광은 앞으로 다가가 태경의 머리를 쓰다듬었다.

"괘념치 말아라. 장호가 불같은 성격이긴 해도… 금방 돌아올 게다."

아직 어린 태경은 상황을 잘 이해할 수 없었기에, 그저 고개를 푹 숙일 뿐이었다. 두 사형이 서로 언성을 높이는 광경을 보기가 싫었다.

'스승님께서 허락하지 않으셨으니, 내가 어떻게 나설 수는 없는 일이다.'

문광 역시도 장호와 태경이 이렇게 고생하는 걸 보기가 마음 아픈 처지였다. 그 역시 천하오절이 있는 시대를 지나왔지만, 이제 지나간 역사. 굉명이란 무구에 그렇게 목을 맬 필요는 없다고 생각해 왔었다.

'하지만 무엇을 보고 계신 걸까.'

그들의 스승은 그 이후 말을 꺼내지 않았다. 매일매일 마루에 나와, 그저 허공을 올려다보고 있을 뿐이었다.

어느덧 하루가 또 가고 있었다.

너울너울 지는 노을을 바라보며, 문광은 손을 꽉 쥐었다.

'식량이 모자라다.'

죽을 끓여서 어떻게든 연명하고는 있었지만, 이제 쌀도 다 떨어져 가는 처지였다. 이러다간 정말 나무껍질이라도 뜯어먹어야 할 상황. 그는 한숨을 내쉬었다.

'나라도 어떻게든 해야만 한다.'

문광은 앞으로 향하며 옆쪽을 슬쩍 돌아보았다.

스승은 자리에 없었다. 하루 종일 마루에 있다가, 어느 순간이 되면 훌쩍 창고로 향했던 것이다.

형인문에 기보(奇寶)는 단 하나밖에 없다.

문광은 창고 안쪽에 서 있는 스승을 금방 볼 수 있었다.

그는 애처롭게 앞을 바라보고 있었다.

벽에 걸려 있는 것은 거대한 도의 모습.

칼집 위에는 천이 빙빙 감싸져 있고, 그 위에 쇠로 된 덧대까지 덧붙여 놓아 그 모습을 제대로 알 수는 없다. 하지만 문광은 스승이 그 도를 문파의 보물로 생각한다는 것을 알 수 있었다.

'복잡하구나.'

거기에 차마 말을 걸지 못한 문광은 이내 고개를 돌려 그
곳에서 벗어났다.

오늘을 보내기 위해선 어떻게든 자신이 먹을 것을 구해야
만 했다.

*　　　　*　　　　*

장호는 거칠게 길을 걷고 있었다.

발걸음이 빨라진다.

숨이 거칠게 흘러나온다. 심장은 쿵쿵 뛰어, 자기 멋대로 피
가 도는 것만 같았다.

'고지식한 인간들.'

굉명에 천금(千金)을 준다 했을 때, 장호는 놀랐다. 그 정도
의 돈만 있다면, 아마 태경이 아니라 태경의 사제가 들어온다
해도 충분히 먹여 살릴 수 있을 것이다.

이전보다 훨씬 더 형인문의 세력을 늘릴 수도 있을 것이다.

그런 것을 단순히 과거 무림에 대한 기억 때문에 거절한다
는 사실이 장호에게는 이해가 되지 않았다.

'스승님이라고 해도!'

장호는 앞을 노려보았다. 아직도 얻어맞은 볼과 옆구리가
얼얼한 상황이었다.

그는 산을 내려가고 있었다.

장호가 내려온 곳은 문파에서도 아주 극소수만 알고 있는 뒷길. 그는 빠르게 아래로 내려가며, 서서히 어둠이 내려앉고 있는 무한을 응시했다.

장호의 눈에 망설임이 어렸다.

하지만 그건 아주 잠시일 뿐, 곧 장호는 빠르게 발을 놀려 무한으로 향하기 시작했다.

第四章
자격

사흘 뒤.

운요와 소하는 천회맹원들의 뒤를 따라 산을 오르고 있었다.

'분위기가 매우 안 좋군.'

운요는 자연스레 그리 느꼈다. 아니, 아마도 제대로 된 눈치가 있는 사람이라면 응당 그럴 것이다.

천회맹의 무인들은 소하를 노려보고 있었다.

당연하다. 이들은 모두 초량을 따르다 못해 섬기는 자들, 그런 초량에게 덤벼든 소하가 곱게 보일 리 없었다.

"대협, 이해해 주시길 바랍니다."

함자령 역시 그 싸늘한 분위기를 감지했는지 운요에게 슬며시 말을 걸었다.

"알고 있소. 뭐… 우리 쪽이 사태를 제대로 파악하지 못한 탓이니."

소하가 혹시나 반응할까 싶어 그를 흘깃 본 운요였지만, 소하는 덤덤하게 천회맹의 무인들을 따라 산길을 오르고 있었다.

운요는 천회맹을 따라 형인문으로 향하기 전, 소하에게 엄포를 놓았었다.

"내가 말하기 전에는, 섣불리 움직이지 마라."

소하는 아직 무림의 상관도를 잘 모른다. 그렇기에 서슴없이 상관휘나 다른 이들에게 검을 휘둘렀을지도 모르지만, 초량을 한 번 더 거슬리게 했다간 정말로 칼부림이 일어날 것이다.

그를 숭배하는 자들이 이리 많은 곳에서 그러한 일이 일어났다간 소하가 무사하지 못할 수도 있었다.

처음엔 소하가 납득하지 못할 줄 알았다. 그런 말이 어디 있냐며 자신을 질책할 것이라 생각했었다.

하지만 의외로 소하는 고분고분히 고개를 끄덕였다. 오히려 말을 꺼낸 운요가 머쓱해질 정도로 말이다.

'뭐, 잘 된 일이지.'

형인문으로 가는 길은 수풀이 무성해져 있었다.

"망할 놈들. 가지라도 쳐놓을 것이지."

한 무인이 불평을 쏟아냈다. 가는 길은 정돈되지 않아, 잘못하면 발을 뻴 수도 있을 만큼 험했다.

"꽤나 수가 많군."

천회맹원 스물이 형인문으로 향하고 있었다.

"다들 형인문의 무공을 견식하고 싶어 해서 말입니다."

함자령의 눈가가 반월로 휘어졌다. 그 순간 운요의 눈 역시 격하게 일그러졌다.

머릿수를 늘린 건, 그저 협박을 위해서다.

그들 모두가 무장을 하고 있었다. 한 문파를 평화롭게 방문한다고 보기에는 턱없이 설득력이 없는 모습들이었다.

'그리고.'

운요의 눈이 뒤쪽으로 향했다.

그곳에는 고개를 푹 숙인 한 남자가 서 있었다.

그는 바로 형인문의 장호였다.

그는 사흘 동안 무한에 머물렀고, 천회맹은 그에게 극진한 대접을 해주었다. 옷도 새로 해 입고, 허리에는 혁대와 새 가죽으로 만든 칼집까지 걸치고 있었다.

화려한 푸른색의 무복과 신까지 신고 있어, 얼핏 보면 천회맹원으로 생각될 정도였다.

"저 사람은."

소하는 운요의 시선을 느끼고는 장호를 돌아보았다.

"그래, 본 기억이 있지?"

씁쓸한 일이었다.

장호가 여기에 있는 이유는 아마도 그가 형인문의 정보를 천회맹에 팔았던 것이리라.

함자령을 비롯한 천회맹원들은 그 이후 갑작스레 적극적으로 움직이기 시작했고, 사흘 만에 형인문으로 출발했다.

운요는 맨 앞에서 걸음을 옮기는 초량의 뒷모습을 보았다. 따르는 이들에 가려 표정이 보이지는 않았지만, 형인문에서 굉명의 인도를 거절한다면 그가 어떤 태도를 취할지는 명약관화(明若觀火)했다.

'싸움이 일어날 것인가.'

되도록 평화롭게 해결됐으면 하는 것이 운요의 바람이었다.

형인문의 입구가 보인다. 앞쪽은 굳게 닫힌 채, 낡은 대문에 빗장이 걸려 있었다.

그것에 함자령이 앞으로 나섰다.

내공을 실은 목소리가 우렁차게 터져 나왔다.

"천회맹에서 형인문을 뵙고자 하오! 개문(開門)을 허락해 주시겠소?"

수풀이 흔들릴 정도의 외침이다. 가진 내공이 자못 고강하다는 뜻이었다.

그리고 얼마 뒤, 둔탁한 소리를 내며 문이 슬쩍 열렸다.

그 안에서 드러난 건 문광의 모습이었다.

"그대들에게 할 이야기는 없다고, 이전 밝혔소만."

함자령의 입가에 미소가 내걸렸다.

"그건 알고 있지만, 우리로서도 꼭 필요한 일이라 말이오."

그가 문을 짚었다.

그 순간 문광의 이마가 꿈틀거렸다.

'내공.'

소하는 두 사람의 몸이 일시에 굳어지는 것을 보며 서로의
내력이 나무문에 흘러들어 가고 있다는 것을 알아차렸다.

함자령은 문을 열려 했지만, 문광의 내공이 그를 방해하고
있다. 두 명의 손이 나무문에 달라붙자, 끼이익 소리가 울리며
서서히 문이 닫히려 하고 있었다.

"몇 번이고 말하지만."

문광은 이마에 땀방울이 어린 채로 말을 이었다.

"그대들에게 허락된 무구가 아니오."

"그럼 너는 뭘 믿고 그렇게 입을 놀리는 거지?"

비웃음이 들렸다.

깜짝 놀란 함자령은 다급히 고개를 돌리려 했다.

"대협……!"

그 순간.

초량의 손이 희끗거리며 빠르게 휘둘러졌다.

문광의 눈이 커졌다. 그는 날아오는 도격을 보는 것과 동시

에 형인문의 심법인 삭월공(朔月功)을 시전하며 손을 놓았다.

함자령 역시 마찬가지였다.

그는 울컥 핏물이 속에서 올라오는 것을 느꼈지만, 다급히 내공을 끊어내며 뒤로 몸을 날렸다.

초량의 손에서 펼쳐진 도격이 거칠게 문을 직격했다.

콰르르릉!

먼지가 인다.

뒤에서 그걸 지켜보던 운요의 눈이 일그러졌다.

'정말 미친놈이군.'

형인문은 정식으로 무림맹에 가입했던 문파라고 했다. 그런데 그런 곳을 아무렇지도 않게 공격한다? 초량이 어떤 식으로 이들을 생각하고 있는지 단번에 드러나는 일이었다.

"이게 무슨 짓이지?"

문광의 목소리가 싸늘하게 변했다. 문파의 대문을 부쉈다는 건, 사실상 그 문파에 대해 공격을 벌인 거나 다름이 없기 때문이다.

"보면 알잖아."

초량은 덤덤히 그리 말하며 어깨에 도를 걸쳤다.

"죽고 싶으면 덤비던가."

"놈… 굉천도의 무공을 믿고 기고만장하구나!"

문광의 입에서 벼락같은 고함이 터져 나왔다. 순간 그 역시 내공을 펼치며 사방으로 은은한 기운을 뿜어내고 있었다.

"어쩌라는 거지? 덤빌 거면 바로 와라. 주둥이만 나불대지 말고."

초량은 마치 어린애를 대하듯, 손가락까지 까닥대고 있다.

문광의 눈가가 치켜 올라갔다. 자신보다 한참은 어린 초량의 그러한 모습에, 노기가 솟구친 탓이다. 그의 양손에 서서히 내공이 응집되고 있었다.

"그렇게도 원한다면……!"

"광아야."

뒤쪽에서 힘없는 목소리가 들려왔다.

그것에 모두가 고개를 돌렸다.

불안해 보이는 태경의 눈.

그리고 그 앞에는 허리를 구부정하니 굽힌 노인이 서 있었다.

"그러지 말아라."

"스승님!"

문광이 기세를 풀자 초량은 코웃음을 쳤다.

"이제 좀 얼굴을 볼 수 있겠군요. 형인월도(形刃月刀) 노선배."

형인월도 비자홍(緋茨烘).

전대 무림에서는 굉천도를 비롯해 절정의 고수에 들었던 무인이었다. 그러나 지금은 낡은 옷을 입고, 비루하다 싶을 정도로 말라 버렸다.

그 모습에 초량은 헛웃음이 일 것만 같았다.

"못 뵌 새에 많이 마르셨습니다."

"늙으면 누구나 약해지게 마련이지."

헛기침을 한 비자홍은 이윽고 천천히 눈을 들어 올렸다.

"문을 부순 데에 사과할 생각은?"

"그건 죄송하게 되었습니다. 이분과 약간의… 논쟁이 있어 서 말이죠."

문광의 주먹이 부르르 떨렸다. 힘을 믿고 제멋대로 까부는 초량의 얼굴을 당장에라도 뭉개 버리고 싶었다.

"들어오게. 그 친구들을 모두 앉힐 장소가 없는 게 아쉽군."

비자홍은 그 후 몸을 돌렸다. 초량은 고개를 끄덕이며 문광을 스쳐 지나갔다.

"좀만 늦었으면 죽었을 텐데, 다행이군."

그 말에 문광의 눈이 번득였다.

"이놈……!"

그러나 그런 문광의 팔을 붙잡는 이가 있었다.

태경이다.

바깥에서 들린 소음에 다급히 스승에게로 향했던 태경은 노인인 그를 부축해 이곳까지 데리고 왔던 것이다.

사제의 애처로운 눈망울에 문광은 입술을 짓씹었다.

"사형."

그리고.

"장호야."

문광의 눈가가 일그러졌다.

그곳에 서 있는 것은 장호였다. 태경마저도 놀랄 수밖에 없었다. 그날 이후, 사흘 동안 안 보이는 것에 그저 기분을 풀기 위해 밖을 돌아다닌다고만 여겼다.

그런데 그가 왜 천회맹과 함께 있는 것인가?

"너……."

문광은 사태를 알아차렸다.

일그러지는 그의 눈. 장호는 차마 사형의 눈을 마주 볼 수 없어 고개를 떨어뜨렸다.

"……."

문광의 눈이 떨렸다.

"태경아, 잠시만 마루에 있거라."

"사형."

그는 말을 듣지 않고 장호의 팔을 잡아챘다.

"사제와… 대화할 것이 있으니."

장호는 결국 문광에게 끌려, 천회맹원들을 뒤로 한 채 안뜰로 향했다.

형인문의 안뜰은 황폐했다. 심었던 나무들이 모조리 말라 비틀어져 버린 모습. 그것에 장호의 표정은 더욱 어두워졌다.

"대체 무슨 일이 있었던 거냐."

"보시는 그대로입니다."

장호는 음울하게 대답했다.

"내가 전부 말했습니다. 우리는 굶어죽기 직전이고, 문원도 고작 셋밖에 남지 않았다고 말입니다."

"너……!"

문광은 으득 이를 악물었다.

"왜 그랬느냐. 그들이 너에게 보화라도 주더냐?"

"밥을 줬습니다."

장호의 목소리가 흔들렸다.

"옷을 줬습니다."

손바닥을 손톱이 파고들어 갔다.

"덥지 않은 곳에서 편하게 잠을 자게 해줬습니다."

문광은 말을 잃을 수밖에 없었다. 장호의 표정이 너무나도 비참했기 때문이다.

"고작 그거였는데, 행복했습니다. 사형, 우리가… 그 칼 한 자루만 넘기면 얻을 수 있는 일들이 말입니다."

"굉명은 그냥 칼이 아니다!"

"압니다! 굉천도! 그 한물간 전대의 천하오절이니 뭐니 하는 인물! 그럼 뭐합니까! 굉천도가 나타나 우리를 구해주기라도 합니까?"

장호는 거칠게 팔을 뿌리치며 고함을 질렀다. 눈꼬리에는 눈물이 맺혀 있었다.

"사람답게 살고 싶었습니다! 배가 고파서 풀뿌리를 고아 먹고, 사형이 농부들에게 쌀을 얻으러 다니는 게 나라고 보기 좋았을 것 같습니까!"

이를 뿌득 악문 장호는 이내 벌벌 팔을 떨며 고개를 숙였다.

"꽉 막힌 스승님 때문에 왜… 그리도 강한 사형이 이런 곳에 갇혀 구걸이나 하고 살아야 하냔 말입니다……."

문광은 차마 말을 잇지 못했다. 마치 목구멍이 꽉 막혀 버린 듯, 울컥하는 감정들이 가슴 속에서 거칠게 맴돌았다.

"그렇다고 해서……."

사제의 어깨를 두드려 주려던 문광은, 이윽고 손을 내렸다.

"그게 문파를 배반한 이유가 되진 못한다."

"사형……!"

장호의 애절한 눈길에 문광은 고개를 돌렸다.

"이제 너는 본 문의 제자가 아니다."

망연한 눈길이 흘렀다.

장호는 처참한 표정으로 문광을 바라보다, 이내 헛웃음을 지으며 고개를 숙이고 있었다.

"그렇군요."

"그렇다."

문광은 몸을 돌렸다.

그러고는 장호를 놔둔 채, 저벅저벅 건물을 향해 걸어 들어갔다. 초량과 함자령이 안으로 들어섰으니, 자신이라도 스승의 곁에 있어야만 했다.

홀로 남은 장호는 눈물을 흘렸다.

뺨을 타고 바닥으로 뚝뚝 떨어져 내렸다.

"대체 왜 그럽니까."

비참했다.

하지만 자신은 약하다.

약한 이가 몸부림치는 것이 무엇이 문제란 말인가. 쉬운 길을 놔두고 굳이 어려운 길을 택하는 게 어리석은 일이 아니었던가.

"왜."

그러나 대답해 줄 사형은 이미 없었다.

장호는 이를 꽉 악물며 눈을 감았다.

＊   ＊   ＊

"제법 누추하군요."

초량의 목소리에 비자홍은 조용히 고개를 끄덕였다.

"검소하게 사는 게 문칙(門則)인지라 말이지."

방은 정말로 단출했다. 금이 가고 흙가루가 떨어져 내리는 벽에, 조그마한 탁자 하나. 그리고 뒤쪽에는 각종 문서들과 벼루가 복잡하게 뒤섞여 있었다.

"그래."

비자홍은 천천히 탁자 위에 손을 내렸다.

"왜 이곳에 왔나?"

"익히 아실 텐데요."

초량은 주변을 둘러보며 그리 중얼거렸다. 무기는 바깥에 맡기고 나온 터였지만, 그의 기세는 마치 날카로운 칼날처럼 저릿하기 그지없었다.

"굉명."

그 이름에도 비자홍은 아무런 반응을 보이지 않았다.

"제가 올 때까지 기다리신 거라 이해하겠습니다."

초량의 입가에 비릿한 미소가 떠올랐다. 이제까지 비자홍이 굉명을 내주지 않은 건, 바로 자신이 직접 이곳에 도착하지 않아 그렇다고 생각했기 때문이다.

"사실 그런 이유도 있지."

초량은 고개를 끄덕였다.

"이제 좀 마음이 바뀌십니까?"

그 순간 함자령은 입을 꽉 다물었다. 초량의 몸에서 바직거리는 내공의 기운이 솟아올랐기 때문이다.

"황망심법."

비자홍은 고개를 끄덕였다.

"그가 익혔던 것이로군."

초량의 입가에 미소가 걸렸다. 이걸로 비자홍이 자신을 인정하리라 생각했다.

"비급을 훔쳤나?"

그것에 함자령을 포함한 모두의 안색이 굳어졌다. 초량의 얼굴 역시, 싸늘하게 변해가고 있었다.

"그게 무슨 소리십니까?"

"마령기는 단순한 친구야. 배고프면 먹고, 싸우고 싶으면 싸웠었지. 그 순수함이 그를 강하게 만든 것이고."

비자홍은 쿨럭 하고 작게 기침을 뱉으며 중얼거렸다.

"하지만 그는 사라지기 전까지, 제자를 받을 마음 따윈 하나도 없었네. 아직 스스로가 만족하지 못했다 했었지."

분위기가 급변했다.

주변의 공기가 동시에 일그러지기 시작한다. 비자홍의 몸에서 분출되는 내공 때문이었다.

"그는 사라지기 전, 황망심법을 연서림(蓮書林)에 넘겨줬다. 오래 전 그가 맺었던 맹약 때문이지."

초량은 아무 말도 하지 않았다.

"연서림에 침입해 황망심법의 비급서를 훔친 겐가?"

"너, 너무 말씀이 심하십니다!"

함자령이 황급히 개입해 보았지만, 비자홍의 눈을 맞받자 그는 윽 소리를 낼 수밖에 없었다. 이제까지 숨겨져 있었던, 비자홍의 차디찬 기운을 눈치채자 소름이 일 지경이었다.

형인월도 비자홍은 전대의 고수다.

그가 익힌 형월도법은 당시 도법으로 이름 높았던 철중방(鐵

衆房)과도 비견해 모자람이 없었고, 또한 천하오절에 든 굉천도와도 아주 약간의 차이로 패해 그와 맹우가 되었다고들 말했다.

그러나 그는 시천월교의 동란 이후, 격렬히 맞서 싸우던 중 결국 포기했다. 문파를 닫고 은둔해 버린 것이다.

"령기는 자네 같은 이에게 무공을 전수할 자가 아닐세."

"제가 부족함이 있습니까?"

초량의 입가에 미소가 걸렸다. 그는 애써 평정을 유지하는 모습을 보이며, 황망심법을 펼친 채 손을 들어 올리고 있었다.

"황망의 기운이 체외로 배출되는 것은 황망심법의 오성(五成)에 달했을 때에나 일어나는 일입니다."

"소질은 있다. 인정하지."

함자령의 눈이 옆으로 굴러갔다. 초량의 성격상 당장에라도 칼부림이 일어나도 이상하지 않을 상황이었다. 다행히 비자홍이 전대의 고수라, 그의 배분을 생각해 별다른 일이 없을 뿐이다.

"하지만 자격(資格)이 없다."

싸늘한 분위기가 맴돌았다.

"령기의 눈에, 자네는 그저 겉멋에 찌든 풋내기로밖에 보이지 않았을 게야."

"흐."

초량의 눈가가 일그러졌다. 미간에 파이는 깊은 주름.

"왜 제가 노선배에게 이런 말을 들어야 하는지 모르겠군요. 아니… 애초에 당연한 일일지도 모르겠군요."

초량은 주변을 둘러보며 말을 이었다.

"시천월교에게 차마 대항하지도 못한 채, 꼬리를 말고 도망친 자의 눈에는 제가 그렇게 보일 수도 있겠으니 말입니다."

"초, 초 대협."

함자령은 당황했지만 초량의 살의 어린 눈을 보고는 입을 꾹 다물었다. 잘못하면 그의 화가 자신에게 미칠 것만 같았기 때문이었다.

"알고 있네. 우리는… 죽지 못한 자들이지."

사람에게는 죽을 장소가 있다.

비자홍은 그리 생각하고 살아왔다. 그리고 자신이 죽는다면, 그것은 분명 웅장하고 모두가 경의를 표하는 광경이 되리라 다짐했었다.

하지만 그렇지 못했다.

그는 쭈글쭈글하고 말라 버린 자신의 손을 가만히 내려다보다, 이내 입을 열었다.

"굉명은 주인을 고르는 도일세."

"천하 명장의 십사병에게는 늘 그런 칭호들이 따라다니더군요."

하지만 그럴 리가 없다.

고작 쇠로 만들어진 도구 따위에 의지가 있을 리 있겠는가.

그저 그것이 좀 더 잘 베이고 위협적이라면, 택할 뿐이다.

"자네는 왜 그 심법을 익혔는가?"

"강한 힘을 위하여."

초량은 단호히 그리 대답했다.

"세상 그 누구도 얕보지 못할, 천하제일을 얻기 위해서입니다."

"어리군."

비자홍은 훗, 소리를 내며 웃었다.

"시천무검은 훔치지 못했나 보지?"

그 순간.

콰아아앙!

함자령은 정신이 달아나는 줄 알았다.

초량의 주먹이 내려쳐지며 단박에 낡은 탁자를 박살 내버린 것이다.

조각이 튄다.

초량은 산산조각 난 탁자에서 눈을 떼며, 이글이글 불타는 내공을 사방으로 분출했다.

"말씀이 정말로 지나치시군요."

"연서림은 함부로 무공서를 내놓지 않네. 그들의 목적은 비급을 지켜 차후 무공이 잊혀지지 않도록 하는 것이기 때문이지. 그들의 애원에 령기도 어쩔 수 없이 황망심법을 내주었네. 굉천도법의 초반 십이 초식과 함께 말이야."

시천마와의 비무가 일어나기 전, 연서림은 마령기를 포함한 천하오절들에게 그들의 무공을 약간씩 받아 보관해 왔던 것이다.

그들이 죽더라도 천하제일에 다가섰던 무공들이 실전되는 일이 없도록 말이다.

"스승님!"

일어난 소란에 문광이 다급히 문을 열어젖혔다. 그곳에는 내공을 끌어올린 초량과 가만히 그를 바라보고 있는 비자홍이 있었다.

"이 무례한 놈!"

부서진 탁자를 본 문광의 온몸에 기운이 들끓었다. 그의 손이 단숨에 펼쳐진 순간, 초량의 눈이 번쩍였다.

꽈지지직!

문광의 몸이 날며 튕겨 나간다.

초량은 어쩔 줄 몰라 하는 함자령을 놔두고는 자리에서 일어섰다.

"그럼, 어디 한 번 보겠습니다."

비자홍은 가만히 그를 쳐다보고 있었다.

"제자들이 몰살당하고도 어디 그렇게 오만하게 구실 수 있으신지 말이죠."

초량의 입가에 비릿한 미소가 걸렸다.

　　　　＊　　　　＊　　　　＊

"이거 먹어봐."

"이것도."

태경은 당황스러울 지경이었다.

어쩔 줄 몰라 혼자 마당을 서성이고 있었더니만, 옆쪽에서 누가 손짓하는 게 보였다.

평소였다면 문광의 엄한 교육 덕에 꺼려했을 것이다. 하지만 그들은 이전 태경이 도움을 요청했던 소하와 운요였다.

"처, 천회맹이셨나요……?"

"반만."

"반인가요?"

"반이지."

소하와 운요가 물음을 주고받는 것에 태경은 더욱더 당황한 표정을 지을 뿐이었다. 큰 눈망울에 당장에라도 눈물이 걸릴 것만 같자, 소하는 냉큼 자신이 주머니에 싸 왔던 건포 하나를 내밀었다.

고기.

태경은 그 냄새에 눈이 휘둥그레질 수밖에 없었다. 이제까지 돈이 없어서 풀뿌리를 캐먹거나 쌀로 죽을 해 먹는 게 전부였던 것이다.

태경이 감사해하며 받아먹는 모습이 마치 어린 새가 먹이를 조르는 듯해, 운요와 소하는 서로 순서를 다퉈가며 태경에게 먹을 것을 주고 있었던 것이다.

"저, 저기 이젠 괜찮……."

놀란 태경이 그리 말하자 소하는 마지막으로 물을 건네주었다.

"그나저나 더운데 고생하는구나."

태경의 허리에는 작은 목도가 걸쳐져 있었다. 어디서 파는 것이 아닌, 누군가 제 손으로 깎은 듯 어설픈 흔적이 엿보였다.

"문광 사형께서 만들어주신 거예요. 제가 좀 더 크면 제대로 된 걸 사주신다고 했는데……."

목도의 자루가 닳아 있다. 운요는 그 이유를 알 수 있었다.

이 아이는 계속해서 문파의 도법을 빼먹지 않고 훈련해 왔던 것이다.

어린 손에 물집이 잡히고 그것이 터진 자리에 굳은살이 생겨가면서까지 계속 도를 휘둘러 왔다. 운요 역시 청성파에 처음 들어갈 적 그러했기에 기특한 마음이 들 수밖에 없었다.

"그래. 좋은 사형을 두었구나."

그 목소리에 뒤쪽에 서 있던 장호의 얼굴이 어두워졌다. 운요는 그를 흘깃 쳐다보며 그런 말을 꺼냈던 것이다.

'주변을 포위했다라.'

지금 천회맹원들은 모두 형인문의 출구를 막은 채로 서 있다.

문파에 방문한 자들이 할 법한 행위는 아니었다.

그리고 안절부절 못하는 장호의 얼굴. 분명 무언가의 이야기가 오고갔을 가능성이 컸다.

그 순간.

꽈지지직!

"뭐지?"

놀란 소하가 눈을 크게 떴고, 운요는 거칠게 문광이 뒤로 튕겨 나오며 자세를 바로 세우는 모습을 보았다.

천회맹원들의 눈이 향한다.

안쪽에서 걸어 나오는 초량은 온몸에서 번개와 같은 기운을 흘리며 여유롭게 문광을 바라보고 있었다.

"무기를 들어라."

"큭……!"

문광은 비틀거리며 기운을 누그러뜨렸다.

초량과 부딪친 순간, 격렬한 충격이 온몸을 내려쳤던 것이다.

황망심법이 가진 효능이었다.

"안 그러면 저항도 못할 테니."

초량은 슬쩍 뒤를 돌아보았다. 하지만 일어선 채로, 비자홍은 가만히 그를 바라보고 있을 뿐이었다.

"정녕."

비자홍의 손이 옆으로 뻗어져 나갔다. 그는 벽에 걸려 있는

도 하나를 붙잡았다.

낡은 철도.

비자홍은 그것을 부여잡으며 조용히 중얼거렸다.

"피를 보려는 것이냐."

"그럼 좋지요."

초량의 전신에서 내공이 일어났다.

콰라라라라!

주변에 있는 사람들 모두가 경악할 법한 내공의 격류였다.

"어차피 이 무림, 그리고 무공은… 싸우기 위해 존재하니 말입니다!"

비자홍이 도를 쥐는 순간, 초량 역시 옆으로 손을 뻗었다.

그 순간 천회맹원 하나가 천에 감싸진 도를 들이밀었다.

내공에 의해 움직이며, 초량의 손으로 감싸지는 모습. 강한 내공을 가진 그였기에 허공섭물(虛空攝物)이 가능했던 것이다.

"스승님! 안됩니… 크윽!"

고함을 지르려던 문광은 고개를 숙였다. 뒤쪽에서 한 무인이 서슴없이 칼을 휘둘러 왔기 때문이다.

초량은 즐겁다는 듯 고개를 까닥였다.

"형월도법을 좀 제대로 보고 싶었습니다. 늦장을 부리시면… 소중한 제자들이 모조리 죽고 난 후일지도 모르겠군요."

순간 천회맹원들은 모두 출구를 막기 시작했다.

게다가 무기까지 꺼내 드는 모습에 문광은 으득 이를 악물

수밖에 없었다.

"이놈들······!"

스물.

문광은 적들을 가늠해 보며, 절망적인 감정이 쏟아지는 것을 느꼈다.

도를 빼어 들지만, 이 정도 되는 수의 적을 모두 상대하는 것은 불가능했다.

"자, 잠깐······!"

장호의 고함이 터져 나왔다.

"이야기가 다르잖소! 그저, 그저 굉명만 받아간다고······!"

초량을 피해 얼른 뛰쳐나온 함자령은 이내 귀찮게 되었다는 듯 머리를 벅벅 긁었다.

"그게 가장 좋은 상황이었는데, 안 좋게 되었군."

주변의 천회맹원들은 무기를 겨눈 채로 위협하며 명령을 기다리고 있었다.

"다 죽여. 그다음 불을 지르면 된다."

"뭐, 뭣······!"

"너도 입 닥치고 있어라."

퍼억!

장호는 자신의 배에 처박히는 발차기에 비명을 질렀다. 내공이 실린 발은 흡사 바위처럼 몸을 강타하며 토사물을 게워 내게 만든 것이다.

"뒈지고 싶지 않으면 말이지."

함자령은 그리 중얼거린 뒤, 고개를 돌렸다.

"저 꼬마도 잡아."

그는 태경을 가리킨 것이다.

"큭……!"

문광은 한 명의 검을 피해내며 주변을 돌아보았다.

그런 그의 눈이 문득 옆으로 향했다. 놀란 태경과 그의 뒤에서 일어서고 있는 소하와 운요의 모습.

문광은 그들을 알아보았다.

"태경이를 도망치게 해 주시오!"

고함.

그와 동시에 두 명이 몸을 날렸다.

카아악!

문광의 도가 휘어지며 물결쳤다. 두 명의 공격을 쳐냄과 동시에 그는 물러서며 고함을 질렀다.

"어서! 그 아이까지 말려들게 할 수 없소!"

천회맹원들이 거칠게 눈을 돌린다.

그들의 눈에는 완연한 위협이 깃들어 있었다.

'이건, 낭팬데.'

운요는 난감했다. 지금 이 상황에서 자신이 어떠한 결정을 내려야 하는지에 대해 고민이 일었던 것이다.

태경을 넘겨준다. 그렇게 되면 태경은 인질로 붙잡힐 것이다. 문광과 비자홍을 옥죄는 사슬처럼 말이다. 그러나 지금 초량에게서 나오는 살기는 명백히 이 형인문을 오늘로 멸문시킬 기세였다.

"운요 형."

저도 모르게 운요의 눈이 소하에게로 돌아갔다.

참고 있었다.

소하는 당장에라도 움직이고 싶은 걸 꾹 눌러 참으며, 운요를 바라보고 있었다.

"하."

다 우스워졌다.

"내가 미쳤지."

머리를 벅벅 긁은 운요는 가볍게 미소를 지었다.

"뛰어!"

그 고함과 동시에 소하는 씨익 웃음을 머금었다.

태경의 허리를 휘어잡는다.

놀란 천회맹원 하나가 반응하기도 전, 소하의 발이 그의 얼굴에 처박혔다.

콰악!

머리가 젖혀지는 모습. 그가 쓰러지는 순간 소하의 몸은 빛살이 되어 순식간에 출구 쪽으로 돌진하기 시작했다.

"저놈을 막아라!"

함자령의 눈살이 일그러졌다. 갑작스레 소하가 이런 방법을 택하다니!

다섯의 몸이 보인다.

소하는 자신의 옆구리에 낀 태경을 슬쩍 바라보다, 이윽고 내공을 다리에 집중했다.

"천영군림보는 빨리 달리는 게 전부가 아니야! 느리게 달려도 재밌어!"

구 노인은 그렇게 말했다.

소하의 발이 땅에 닿는 순간, 무인들은 그에 맞춰 달려드는 소하를 내려치려 했다.

하지만 온힘을 다해 팔을 휘두르자 소하의 머리가 반으로 잘리며 너울너울 흩어지고 있었다.

속도를 올리려는 듯 보였지만, 소하는 실제로 몸을 뒤로 튕기는 동시에 한 박자 늦게 앞으로 도약했던 것이다.

두 명의 어깨가 꿈틀거렸다. 소하는 위로 뛰며 두 명을 마치 발판처럼 밟아 담을 넘었다.

그 후 쏜살같이 사라지는 모습. 함자령은 그 광경을 어이없다는 듯 바라보고 있었다.

그리고.

차앙!

"지금… 이게 무슨 짓이십니까?"

함자령의 검이 매섭게 운요에게로 치달아갔다.

운요는 칼집으로 그것을 막으며 비죽 웃음을 지을 뿐이었다.

"계속 지켜봤는데."

그 순간 운요의 몸에서 시원한 바람이 몰아친다.

칼자루가 뽑혀 나오자, 곧 스산한 검격이 주변에 몰아치고 있었다.

카카캉!

함자령과 무인 한 명은 다급히 팔을 놀리며 물러섰다.

운요는 송풍검을 펼친 뒤, 가볍게 말을 이었다.

"너희는 진짜 마음에 안 든다."

"청성파라고 해서 기고만장하군……!"

함자령은 인상을 가득 찡그렸다.

"저놈도 죽엿!"

그 소리와 함께, 천회맹의 무인들은 일사불란하게 운요에게로 달려들었다.

* * *

사사사사사!

풀잎이 흔들리는 소리가 요란했다.

태경은 어안이 벙벙해, 제대로 눈을 뜨고 있기도 어려운 상황이었다. 난생 처음으로 어마어마한 속도의 경신법을 경험하고 있기 때문이다.

소하의 몸은 번개 같았다. 담을 닫나 싶더니만, 순식간에 무인들을 스쳐 지나가며 형인문에서 떨어지고 있었다.

그것을 떠올린 태경의 눈이 다급히 소하에게로 향했다.

"안 돼요!"

외침.

그 순간 소하의 몸이 멈췄다. 격렬한 진동이 온몸을 뒤흔들었지만, 태경은 눈을 질끈 감은 채 그것을 견뎠다.

어느새 주변은 풀숲으로 바뀌어 있었다. 소하는 순식간에 형인문을 나와 근방의 수풀까지 이동해 있었던 것이다.

"사, 사형이 지금……."

태경은 윽 하는 소리를 뱉어냈다. 자신이 무력하다는 것을 격심하게 체감하고 있는 것이다. 아무리 그가 다시 돌아간다 해도, 태경은 인질로 잡히거나 그저 베여 죽는 게 고작일 것이다.

소하는 그런 태경을 가만히 바라보다 고개를 돌렸다. 안쪽의 싸움은 점점 격해지고 있었다.

"저기 있다!"

소하를 발견한 천회맹의 무인 셋이, 무기를 든 채로 달려오고 있었다. 소하의 귀신같은 움직임 때문에 다들 모종의 경계심이 어린 모습이었다.

태경의 두 눈에는 눈물이 방울방울 내걸리고 있었다.

분한 것이다.

문파의 주변을 맴돌던 무인들 역시 스산한 눈으로 소하와 태경에게로 다가오고 있었다.

"귀찮게 굴기는 약해 빠진 문파 놈들이……!"

한 명이 퉤 하고 옆으로 침을 뱉으며 앞으로 걸어왔다. 그의 손에는 두터운 대도가 들려 있었다.

무서울 것이다.

수염이 성성하고 덩치가 큰 자가 무기를 든 채로 위협하며 걸어온다면 말이다. 보통의 아이였다면 소하의 등 뒤에 몸을 숨겼겠지만 태경은 오히려 앞으로 나섰다.

눈물이 엉긴 두 눈에는 결의에 찬 빛이 번득이고 있었다.

"형인문을… 모욕하지 마라!"

"문파는, 지랄."

태경의 외침에도 그는 코웃음을 치며 뒤를 턱짓했다.

횃불을 든 자들이 서서히 문파로 다가서고 있었다.

그들이 하려는 짓을 예감한 태경의 얼굴이 새파랗게 질렸다.

"곧 사라질 텐데."

무섭다.

당연한 일이다.

어느새 다가와 주변을 포위하는 일곱 명의 무인 모두가 어른인 데다 서슬 퍼런 무기들을 쥐고 있었다.

태경은 다급히 허리에 찬 목도를 움켜쥐었다.

그것에 남자의 입가에 비웃음이 흘렀다.

"허어, 꼴에 무림인인 척하는구만."

뒤쪽에서 킥킥대는 소리가 들린다. 태경의 손이 떨릴수록 겨눈 목도의 끝도 벌벌 떨리고 있었다.

"걱정 마라. 꼬마야."

대도를 든 남자의 입에서 다정한 목소리가 흘러나왔다.

"아프지 않게… 단숨에 죽여줄 테니까!"

남자의 칼이 휘둘러진다.

태경은 움직일 수조차 없었다.

실전. 아이의 몸으로 처음 겪는 생사투(生死鬪)다. 두 발이 오그라들고 몸이 뿌리박힌 듯 멈추는 건 당연했다.

콰작!

그러나.

대도를 휘두른 남자의 눈이 휘둥그렇게 변했다.

자신의 오른팔이 안으로 꺾어졌다. 정확히 말하자면 부러져 흐늘거리며 안쪽으로 휘어버린 것이다.

"끄… 아아컥!"

그는 비명조차 제대로 지를 수 없었다.

소하의 발이 그의 가슴을 걷어찬다. 단숨에 튕겨 나가 땅을 구르며, 나무등걸에 격돌해 고개를 축 내리는 그의 모습에 모든 무인들이 당황할 수밖에 없었다.

"말을 하면서도."

소하의 눈이 가늘어졌다.

"그게 부끄러운 줄을 모르는 사람이 정말로 있군."

"이놈! 감히!"

세 명이 일사불란하게 달려들었다.

태경은 자신의 머리에 얹어지는 소하의 손을 느꼈다.

"걱정 마."

콰콰콱!

그 순간, 질풍이 일었다.

소하의 발이 잔영을 보이며 두 명의 배를 걷어찼고, 남은 하나의 품으로 파고들며 장저로 그의 턱을 올려쳤다.

세 명이 동시에 허공을 날며 나자빠지는 것에, 남은 자들은 얼굴이 새하얗게 질리고 말았다.

"고, 고수다."

그들은 소하의 무공이 예상보다 강하다는 것을 알자, 동시에 도망치려 했다. 하지만 소하는 그들을 놓치지 않았다.

한 명이라도 놓쳤다간 일이 꼬일 가능성이 있다.

소하는 거침없이 한 명을 기절시키며 허공을 날았다.

턱과 정수리를 동시에 얻어맞자 몸이 휘청거리며 쓰러지려 한다. 그의 어깨를 발판으로 삼아, 소하는 도망치려는 자들의 앞으로 내려앉았다.

"으, 으악!"

한 남자는 옆에 있는 동료가 목이 위로 젖혀짐과 동시에 의식을 잃는 것을 보자, 꼴사나운 비명과 함께 칼을 휘둘렀다.

고갯짓으로 공격을 피한 소하의 손이 번쩍 휘둘러졌다.

투콱!

목과 명치에 묵직한 충격이 어렸다.

"뭐야!"

당황한 이들이 발을 멈췄다. 소하의 움직임은 눈으로 쫓을 수도 없을 만치 재빨랐던 것이다.

그게 그들의 실책이었다.

천영군림보의 삼첩영.

셋으로 나눠진 소하의 발이 순식간에 그들의 몸을 걷어찼다.

퍼버버벅!

숨도 제대로 쉬지 못한 채 기절한 무인을 마지막으로, 일곱이 단숨에 바닥에 쓰러져 버렸다.

태경은 입만 뻐끔뻐끔 벌렸다 닫고 있을 뿐, 무어라 말도 꺼내지 못했다.

소하는 떨어져 땅을 구르는 대도를 집어 들며 태경을 바라보았다.

"지금 돌아가 봤자, 넌 도움이 되지 않아."

태경의 눈이 흔들렸다. 그렇다. 알고 있었다. 손에 든 것은

낡은 목도. 고작 해봐야 무인 한 명도 상대하지 못하고 죽고
말 것이다.

"잡혀서 짐이 될 수도 있겠지."

그러면 문광은 확실히 죽는다.

태경은 그 생각을 떠올리자 몸이 벌벌 떨리는 것을 느꼈다.

"스승님은 몸이 많이 아프세요."

태경의 목에서 짜내는 듯한 목소리가 흘러나왔다.

"매일 피를 토하시고… 의원께서도 이제 얼마 남지 않았다
하셨는데……!"

태경은 다급히 소하의 소매를 부여잡았다.

애절한 눈이 그곳에 있었다.

"저희를, 저희를 도와주세요. 제발……."

자신의 무력함을 알고 있다.

그 상황에서 태경이 택할 수 있는 건 이것밖에 없었다.

소하는 조용히 그를 내려다보았다.

"사형을 구하고 싶어?"

얼른 고개를 끄덕이는 태경의 모습에 소하의 표정이 일순간
복잡하게 변했다.

"네게 너무나 무거운 것을 지게 해버리는구나."

죽은 형, 운현의 목소리가 다시 들리는 듯했다.

소하의 몸에 노란 기운이 감돈다.

태경이 보았던 초량의 것과는 달리, 순수하고도 따스해 보이는 빛이었다.

"나는… 네가 도망치는 게 맞다고 생각해."

차라리 태경을 멀리 도망치게 놔두는 게, 저들에게 있어 더 편한 일이 될 지도 몰랐다.

"하지만……."

태경의 모습을 보자, 자신이 하지 못했던 일이 떠올랐다.

'누군가, 그때 할아버지들을 도와줬더라면.'

그게 자신이 되었을 수도 있었다.

조금만 더 수련했다면.

힘이 있었다면…….

그런 후회는 수천 번이고 되풀이해 보았다.

그러나 결국 남는 것은 혼자 남은 지금 이 순간뿐이다.

멀리서 보이는 무인들은 이제 횃불을 형인문의 대문에 놓으려 하고 있었다.

'총 여덟.'

소하가 굳이 태경을 데리고 나온 이유는 이것 때문이었다. 안에서 수를 제대로 알 수 없는 적을 상대하는 것보다 바깥에서 전체를 조망하며 싸우는 게 더 이득이다.

그들은 서서히 한쪽으로 모여들어 불을 지른 뒤 동료들이 나갈 수 있는 길을 만들어주려는 듯 보였다.

"천천히 따라와."

소하의 몸이 서서히 빨라지기 시작했다.

멍하니 그를 바라보던 태경은, 이내 주먹을 꽉 쥐었다.

                    *   *   *

문광은 이를 악물었다.

몸에 생긴 혈선에서 배어나오는 핏물. 계속해서 기민하게 몸을 움직여 보았지만, 공격이 스치는 것은 어찌할 수 없었다.

카라라락!

그의 도가 휘몰아치며 주변에서 달려들던 공격을 모조리 튕겨 버린다.

형월도법의 담월(淡月)이다.

원을 그리는 도격은 순식간에 세 명의 팔을 튕겨내게 만들며 문광에게 숨을 돌릴 기회를 넘겨줬다.

"후욱!"

문광의 몸이 앞에 서 있는 자를 들이받았다. 일단 최우선적으로 덤벼드는 자의 수를 줄여야 한다는 판단에서였다.

어깨로 가슴을 받히자 한 무인이 휘청거리며 문광을 찌르려 했지만, 이내 문광의 도가 서슬 퍼런 빛을 뿜었다.

서걱!

"크악!"

치명상인지 아닌지를 신경 쓸 틈조차 없었다.

단숨에 그를 벤 문광은 빠르게 몸을 돌렸다.

'끝이 없군!'

천회맹의 무인들 역시 무공을 익힌 자들이다. 게다가 다수로 숨을 돌릴 새도 주지 않고 덤벼드니 문광이 자연스레 밀릴수밖에 없었다.

두 명의 칼날이 틈을 노리고 날아든다.

쏴아아악!

문광은 허리를 젖히며 그것을 피해냈고, 손을 뻗어 등 뒤의빗자루들을 잡아 앞으로 내던졌다.

일단 다수에게 포위당하는 상황을 피해야 한다.

하지만 이미 천회맹원들은 주변을 둘러싸고 있었고, 문광은 뒤쪽에서 달려드는 세 명의 모습에 미간을 찌푸렸다. 앞에있던 자들은 빗자루에 맞아 주춤거리고 있었다.

'이렇게 된 이상……!'

등을 베이는 한이 있더라도 일단 덤벼드는 자를 어떻게든베어 쓰러뜨려야 이후가 편해진다.

문광이 다치는 것을 각오한 순간.

차앙!

은빛이 번쩍였다.

문광의 눈에 이채가 흘렀다.

"장호야!"

장호는 자신의 칼을 뽑아 들어 문광에게 덤벼드는 자를 막아서고 있었다.

"뒤를 보십시오!"

우렁찬 외침에 문광은 즉시 고개를 돌리며 소매를 뒤흔들었다.

파라라라락!

그의 손이 흔들리는 순간 어지러운 반월(半月)이 뿜어져 나갔다. 형월도법의 만월(彎月)이었다.

쇳소리와 함께 두 무인의 팔에서 피가 튀었다. 손목과 팔을 깊게 베어낸 문광은, 후욱 하고 숨을 들이켜며 조용히 고개를 뒤흔들었다. 이마에 어린 땀이 허공에 비산하고 있었다.

장호는 문광의 뒤에서 두 명을 위협한 뒤, 이를 꽉 악물며 자세를 취하고 있었다.

"사형, 저는……."

"더 이상 말할 필요 없다."

문광의 몸에서 갈무리된 기운이 퍼져 나가고 있었다. 이제야 제대로 삭월공을 펼칠 수 있게 된 것이다.

"등을 신경 쓰지 마라."

문광은 도를 붙잡은 손을 한 번 허공에 휘저은 뒤, 적에게로 겨누었다.

"나 역시 그럴 테니."

장호는 순간 입술을 꽉 닫았다. 장호를 믿고 등을 맡기는 대신, 장호 역시 문광을 믿고 앞의 상대만을 집중하라는 말이다.

"알겠습니다!"

그 외침에 함자령은 허어 소리를 내며 관자놀이를 긁적였다.

"이거 귀찮아지는데."

운요가 나선 게 문제였다. 원래라면 열 명 이상이 득달같이 달려들어 단숨에 목숨을 끊어놓는 게 보통 그들의 전법이었지만, 운요 한 명에 일곱이 넘는 수가 붙들려 있었기에 쉬이 나서기가 어려웠다.

'저게 청성검공… 역시.'

그리고 그런 생각을 하며 옆을 주시하려는 순간, 무언가가 함자령의 얼굴로 날아들었다.

"크윽!"

고개를 젖혀 피하는 모습. 그것은 바닥에 꽂혀 있던 나무토막이었다.

운요가 적의 공격을 방어하는 동시에, 함자령을 노리고 날려 보낸 것이다.

날카로운 눈으로 그쪽을 확인하며 동시에 손을 뻗는 운요의 모습. 그 순간 바람이 휘몰아치며 두 명의 어깨에서 피가 솟았다.

"으으윽!"

한 명이 고통을 이기지 못하고 나가떨어지자, 덤벼드는 이들이 점차 주춤거리기 시작한다.

실력의 차이를 알았기 때문이다.

애초에 일곱을 상대로 조금도 밀리지 않고 공격해 나갈 수 있는 운요다. 그들은 다수로 덤빈다 해도 이득을 얻지 못한다는 걸 뒤늦게야 깨닫고 있었다.

'골치 아프군.'

함자령은 등골이 서늘함을 느끼며 안쪽을 쳐다보았다. 그곳에서는 더욱 강렬한 기운의 충돌이 느껴지고 있었다.

쿠우웅!

둔중한 소리와 함께 초량의 몸이 뛰쳐나왔다.

문을 부수며 뒤로 뛴 초량의 뺨과 가슴에는 희미한 혈선이 그어져 있었다.

공격을 전부 막아낼 수 없었던 것이다.

초량은 뺨에 흐른 피를 손가락으로 닦으며 조용히 앞을 노려보고 있었다.

"과연……!"

비자홍은 천천히 걸음을 옮겼다.

그의 손에 들린 것은 낡은 철도. 하지만 펼쳐져 나오는 삭월공의 기세 때문에, 마치 단애(斷崖)라도 베어낼 수 있는 절세의 명도처럼 보일 지경이었다.

"고작 그것이더냐."

그의 눈에는 불같은 노기가 들어차 있었다.

"그런 편린(片鱗)으로, 령기의 힘을 얻었다 자만했다면……."

그의 손이 옆으로 향했다. 서서히 응집되는 기운. 내공이 철도에 감돌며 사방으로 은은한 기운을 내뿜고 있었다.

"그 맥(脈)을 끊는 한이 있더라도, 너를 베겠다."

몸을 일으켜 황망심법을 솟구쳐 올린 초량은 이내 손에 든 자신의 도를 비자홍에게로 겨누었다.

"노선배께서 그리 말씀해 주시니 좋군요. 다만……!"

초량의 몸이 사라졌다.

비자홍은 자신의 눈앞까지 쇄도한 초량에게로 빠르게 도를 휘둘렀다.

카카카칵!

불똥이 튀며, 일순간 비자홍은 눈살을 찌푸렸다.

초량은 웃고 있었다.

"누가 이길지는 두고 보면 알겠지요!"

천정(天丁).

굉천도법의 기본적인 초식이지만, 황망심법과 함께 어우러지면 받아내는 순간 전신이 마비되는 것만 같은 충격을 전해 주는 초식이다.

도가 거칠게 부딪치자 비자홍의 몸이 주르륵 밀려났다.

"음……!"

그의 입에서 희미한 신음이 토해져 나왔다.

"방금 전 보여주셨던 건 이제 없습니까?"

초량은 순간적으로 비자홍에게 어마어마한 공격을 받았었다.

비자홍의 몸은 정상이 아니다. 그는 그렇기에 처음부터 강한 공격을 날려 단숨에 초량을 잠재우고자 했다. 그러나 초량 역시 많은 싸움으로 다져진 몸이다. 그는 최소한의 피해만 받으며 공격을 피해내기로 결정했던 것이다.

쐐애애액!

허공을 가르는 소리가 들렸다.

초량의 얼굴이 굳어지며 일순간 도가 흔들렸다.

쩌정!

돌이 깨지는 소리가 울려 퍼졌다. 초량이 참격을 막아냄과 동시에, 그의 뒤에 있던 돌이 우렁찬 소리와 함께 붕괴했던 것이다.

팔이 저릿거린다. 초량은 신음을 뱉으며 두 걸음을 물러섰다.

"삭월(朔月)."

비자홍의 눈이 번뜩였다.

찌르기.

초량은 즉시 허리를 굽혀 그것을 피해내려 했지만 그 순간 눈앞에는 아래에서 위로 베어져 오는 칼날이 자리하고 있었다.

"큭!"

고개를 젖힘과 동시에 온몸을 튕겨 땅을 나뒹굴었다.

초량이 먼지투성이가 된 채 일어서자, 비자홍은 쿨럭거리며 기침을 토했다.

"이것이… 형월도법이다."

강하다.

초량은 그리 생각했다. 형월도법은 화려한 초식이나 변화가 존재하는 도법이 아니다. 그저 우직하게 칼을 휘두르는 기본형을 극한까지 수련하도록 만든 도법이다.

하지만 그렇기에 강하다.

누구보다 빠르고, 누구보다 정확한 공격을 구사할 수 있는 것이다.

'저 내가심법으로 부하를 억제하는 건가.'

초량은 냉정하게 상황을 파악했다. 삭월공은 내공을 육체 밖으로 배출하는 운요의 청량선공과는 다르게, 도격을 뿜어 낼 때 몸에 걸리는 부하가 줄어들게끔 육체를 강화시키는 데에 중점을 둔 심법이었다.

"그럼……."

초량의 손이 휘둘러졌다.

공파.

허공을 뛰어넘어 상대를 공격하는 초식이었다.

단숨에 그것을 흐트러뜨리긴 하지만, 비자홍의 내공이 심하게 출렁이고 있는 모습이 초량에게는 확실히 보였다.

'역시, 몸에 병이 있군.'

초량의 입가에 미소가 그려졌다.

콰콰콱!

세 번의 연격. 비자홍은 물러서며 울컥 올라오는 핏물을 입가에 희미하게 흘려내고 있었다.

"견디기 힘드시지요?"

이죽대는 목소리다. 지금 초량은 비자홍의 공격을 최대한 피해내며 공격을 가하고 있었던 것이다. 그가 약해졌다는 것을 확신했기에 안전하게 그를 무력화시키려 한 것이다.

비자홍의 손이 휘둘러졌다.

순간 초량은 자신의 팔을 들어 올렸다.

굉음.

이를 꽉 악문 초량은 두 걸음을 밀려나며 인상을 썼다.

'뭐지?'

보이지 않았다. 단숨에 눈앞으로 자리한 비자홍은 초량의 몸을 동강 낼 법한 힘으로 도를 휘둘렀던 것이다.

삭월공의 기운이 퍼져 나갔다.

쏴아아아앗!

허공으로 뻗어나가는 다섯 개의 빛살. 초량은 눈을 부릅뜰 수밖에 없었다.

지금 비자홍이 펼친 것은, 형월도법의 절초인 연월(衍月). 단숨에 허공을 뒤덮은 도광이 초량의 몸을 난자했다.

초량의 어깨와 옆구리에서 피가 솟았다. 전부 쳐 내지 못한 것이다. 그리고 베어내는 순간 도격은 깊숙하게 그의 내부를 두드리고 있었다.

"크윽!"

초량은 내려앉는 동시에 주저앉으며 도를 땅에 꽂았다.

어마어마한 경력이 몸을 강타했다. 애초에 서서 버틸 수 있다는 게 대단할 지경이었다.

비자홍은 숨을 몰아쉬고 있었다. 내공으로 지나치게 육체를 혹사한 탓이다.

오른팔이 부르르 떨려왔지만, 그는 그것을 보이지 않기 위해 몸을 비스듬히 세웠다.

"일어나라."

비자홍의 목소리에도 초량은 한쪽 무릎을 꿇은 채 미동도 하지 않았다.

핏물이 뚝뚝 땅바닥을 향해 떨어지고 있었다.

"조잡한 짓을 하지 말거라."

그 순간 초량의 고개가 들려 올라갔다.

그는 웃고 있었다.

"이거 참."

초량은 아무렇지도 않다는 듯 일어서며 가볍게 고개를 흔들었다. 핏물이 무복의 사이사이로 배어나오기는 하지만, 그는 마치 아무 피해도 받지 않은 양 자연스럽게 행동하고 있었다.

"형인문의 제자 하나가 와서는 그러더군요. 자기 스승님은 지금 심각한 병환을 앓고 있어, 일각(一刻)조차 제대로 움직일 수 없다고 말입니다."

장호의 이야기다.

이미 형인문의 제자들은 비자홍의 상태를 알고 있었다. 그의 몸은 병에 침식되어 더 이상 제대로 된 무공을 구사할 수 없었던 것이다.

"사문을 살리기 위해서는 돈이 필요하다고 저희에게 애원하더군요."

비자홍의 눈썹이 꿈틀거렸다.

"그래서 혹시나 했는데……."

초량의 입가에 비릿한 웃음이 내걸렸다.

"역시, 약해지셨군요."

섬광이 일었다.

카앙!

비자홍의 몸이 뒤로 밀려났다. 갑작스레 내갈긴 일격은 현재 몸을 극한까지 몰아붙인 비자홍이 막아내기에는 너무나 무거웠다.

그의 입가에서 핏물이 튄다. 초량은 그것을 놓치지 않으며 비죽이 입꼬리를 휘어 올렸다.

마치 소나기처럼 쏟아지는 도격.

그것을 막아낼 때마다, 비자홍의 몸에는 천천히 충격이 쌓이고 있었다.

그리고 일격이 더 내려쳐지는 순간.

비자홍의 팔에 힘이 풀려 나갔다.

"스승님!"

적들을 상대하던 문광이 그 광경을 보며 비명을 질렀다.

비자홍의 몸이 튕겨 나간다.

땅바닥을 나뒹굴며 주르륵 미끄러지는 모습. 문광과 장호는 다급한 표정을 지었지만, 그리로 쉽게 향할 수는 없었다.

두 명이 더 나자빠졌지만, 문광은 눈앞에서 함자령이 칼을 휘두르는 것을 보았다.

"큭!"

째앵!

칼날이 부딪치자, 함자령은 음산한 미소와 함께 팔을 휘둘렀다.

"그리 쉽게 가도록 둘 수는 없지!"

함자령은 초량을 따르는 이들 중 그 무력을 인정받은 자다. 문광은 순간적으로 섬뜩한 압박이 들어오는 것에 한 발을 뺄 수밖에 없었고, 분한 눈으로 공격을 받아쳐 나갔다.

"비켜라!"

문광이 거세게 고함을 내지르며 덤벼들자 함자령은 피식

웃음을 흘릴 뿐이었다.

"이미 틀렸다는 걸 모르는군!"

버티려 했지만, 문광 역시 수많은 자와 싸우며 체력이 거의 소진된 판국이었다. 더군다나 문광보다 수련이 모자란 장호는 이미 온몸에 칼을 맞아 피투성이가 된 채 휘청대고 있었다.

"크윽!"

문광은 일순 방어를 하지 못한 장호를 대신해 뒤에서 날아오는 칼을 받아쳤다.

함자령은 그 순간을 놓치지 않았다.

써걱!

문광의 눈에 불똥이 튀었다. 등과 허리를 베어 가르는 검격. 그는 신음과 함께 주르륵 미끄러져 무릎을 꿇었고, 장호는 비명을 질렀다.

"사형!"

"이제 정리됐군."

문광과 장호에게 덤벼든 이들 대부분이 상처를 입은 채 신음하고 있었다. 소수지만 그 실력은 확실하다는 형인문의 명성은 아직까지 건재했던 것이다.

하지만 여기까지다. 장호와 문광이 싸우기 어려워졌고, 비자홍 역시 피를 쏟아내며 자리에서 제대로 일어나지도 못하고 있다.

함자령은 음습한 미소를 지었다.

그런데.

"즐거운 상황에 미안하군."

그의 눈이 동그랗게 떠졌다.

함자령의 어깨를 짚은 운요는 조용히 그를 쳐다보며 검을 휘두르고 있었다.

카앙!

함자령은 순간 경력이 묵직하게 팔을 타고 들어오는 것을 느꼈다. 운요의 검에 실린 힘이 그만큼 고절했기 때문이다.

"뭐, 어느새……!"

함자령은 다급히 경호성을 내질렀다. 운요의 주위를 포위하고 있던 일곱은 모조리 바닥에 쓰러진 채로 꿈틀거리고 있었다.

"귀찮은!"

"나도 마찬가지다."

운요는 싸늘하게 답하며 옆을 눈짓했다.

비자홍은 쓰러진 채 일어서려 팔을 꿈틀거리고 있었지만 몸이 제 말을 듣지 않는 듯했다.

'시간이 없다.'

운요는 청량선공을 끌어올리며 빠르게 검을 치고 나갔지만 함자령 역시 만만치는 않은 자였다.

"이미 끝이다!"

그의 입가에는 득의양양한 미소가 맺혀 있었다.

"너희가 무사할 줄 아느냐! 아무리 제갈위 놈이 붙어 있다고는 해도!"

함자령의 고함을 끊어버리듯 운요의 손에서 검광이 번뜩였다. 함자령은 순간 자신의 소매에서부터 팔꿈치 아래가 마치 칼날에 스친 양 저며지며 핏물이 솟아나오는 것을 보았다.

"크윽!"

다급히 팔을 회수하며 검을 휘둘렀지만, 운요는 능숙하게 그것을 받아 넘겨 검로를 뒤흔들고 있었다.

'방어 일변도로군.'

함자령은 애초에 공격할 의지가 없었다. 초량이 확실하게 비자홍을 죽이고 굉명을 차지할 때까지 시간을 벌려는 것이다.

"늦었다! 초 대협이 이곳을 없앤 다음이라면……!"

"그럴 일은 없다."

운요는 그리 말하며 동시에 땅을 거세게 밟았다.

쿠웅!

찌르기.

함자령은 방어를 유지하며 계속 상황을 고수하려 했다.

운요는 그 방어를 뚫기 위해 맹렬히 칼날을 놀렸지만, 이내 모조리 격퇴당할 뿐이다.

'아무리 청성파의 후예라고 해도… 나라면!'

함자령은 피식 웃음을 지었다. 자신의 검식이라면 능히 운요를 상대할 수 있으리라 자신했던 것이다.

그러던 중, 자신의 옆구리로 들어오는 검을 막기 위해 옆으로 걸음을 옮기던 함자령의 눈에 이상한 것이 들어왔다.

문광과 장호가 멀찍이 쓰러져 있었던 것이다.

'뭐지?'

그의 눈에 의문이 감돌았다. 아까 전까지만 해도 그 둘은 자신의 바로 지척에 있었던 터였다.

거기까지 생각이 이어진 순간, 함자령은 눈을 치켜떴다.

"이놈!"

"눈치가 느려서, 어디 칼밥 먹고 살겠나."

운요는 피식 웃음 지으며 칼을 휘둘렀다. 동시에 송풍검의 묘리가 펼쳐지고 있었다.

날카롭게 쏟아져 나가는 공격. 이내 아까보다 더 강해진 기분이 들었다.

"으윽……!"

함자령의 입가에서 신음이 새어 나왔다. 운요의 속내를 알아챈 것이다.

지금 운요는 그를 이 자리에서 최대한 떨어뜨려 놓으려는 것이다. 문광과 장호가 혹시나 말려들 것을 염려해서였다.

"아까는 기세등등하더니만."

운요의 칼날이 함자령의 칼날과 부딪쳤다.

째앵!

그 순간 두 명의 칼은 마치 아교를 발라놓은 듯 달라붙으며 동시에 원을 그리기 시작했다.

운요는 함자령의 칼을 빼앗아 내던지기 위해 내공으로 칼날을 흡착시켰다. 그에 함자령의 눈가와 목에 핏줄이 팽팽하게 곤두섰다. 대항하기 위해 자신 역시도 내공을 전력으로 쏟아내기 시작한 것이다.

"지금은 좀 긴장하고 있는 것 같은데?"

"끄으으……!"

함자령은 식은땀이 흐르는 것을 느꼈다. 같은 내공을 집중하고 있건만, 아무렇지도 않게 대화를 이어나가는 운요와 집중에 온힘을 쏟아야 하는 자신의 차이를 여실하게 느낄 수 있는 상황이었다.

하지만 운요 역시 상황이 수월치는 않았다.

'일단 거리는 벌렸다.'

문광과 장호가 인질로 이용당할 가능성이 있어 함자령에게 져 주는 척 그를 유인하는 데는 성공했지만, 초량과 비자홍이 문제였다.

칼을 휘두르며 얼핏얼핏 본 바로는 비자홍이 일방적으로 밀리는 상황이었다. 피를 쏟으며 물러서는 모습을 보아하건대, 아마 이전부터 몸에 무리가 온 듯했다.

'일단 어떻게든 저쪽으로……!'

그러나 덜컥 검이 멈췄다.

온몸에 핏줄이 솟아난 함자령이 무시무시한 기세로 내공을 쏟아내 운요의 검을 막아선 것이다.

"가지… 못한다!"

그는 괴기하게 변한 얼굴로 그리 소리 질렀다. 전신의 내공을 뒷생각을 하지 않은 채로 뿜어내고 있었던 것이다.

"초… 대협의 방해가 되는… 놈……!"

"귀찮군!"

운요는 으득 이를 악물었다. 이 정도 내공이라면 자신도 섣불리 손을 놓을 수 없다. 그러는 순간 전신에 내공의 격류가 몰아닥치며 내상을 입을 것이 뻔했기 때문이다.

적당히 물러설 줄 알았던 함자령은 죽음을 각오하면서까지 운요를 막아서고 있었다.

지금 만약 초량이 막히거나 일이 흐지부지 끝난다면, 함자령 역시 자신의 위치가 위험해지는 것과 동시에 목숨마저 바람 앞의 등불처럼 될 수 있기 때문이었다.

'이거… 조금 난감해졌는데……!'

그리 속으로 중얼거린 운요는 다급히 앞쪽을 바라보았다.

초량은 도를 내린 채, 천천히 쓰러진 비자홍에게로 다가서고 있었다.

*　　　*　　　*

비자홍은 쿨럭이며 입에서 핏물을 쏟아내었다.

가지고 있던 병 때문에 악화된 몸이 결국 삭월공으로 억제했던 부하를 이기지 못했던 것이다.

손가락이 벌벌 떨려 제대로 도를 쥘 수조차 없었다.

비자홍은 가늘게 눈을 찌푸리며 땅에 떨어진 자신의 핏물을 보았다.

"안타깝습니다."

초량은 그리 말하면서 한 걸음을 앞으로 옮겼다.

"과거 무림에서 그 명성을 떨쳤던 형인월도가 이제는 병마에 시달려 죽을 날만 기다리는 늙은이가 되다니요."

"누구나가… 그런 법이지."

붉은 핏방울이 점점이 떨어져 내린다.

비자홍은 일어서려 했지만, 팔에는 아무 힘도 들어가지 않았다.

"이제 좀 느끼시겠습니까?"

초량은 황망심법을 끌어올린 채 느긋이 비자홍의 모습을 지켜보고 있을 뿐이었다.

"제가 굉천도의 무기를 이어받을 자격이 충분하다는 것을 말입니다."

"자네는."

비자홍은 수척해진 표정으로 고개를 들어 올렸다.

"어째서 그가 싸웠는지, 천하오절이 되었는지 알고 있는가?"

"누구보다 강해지고 싶어서였겠지요."

황망심법의 기운이 바직거리며 흐른다.

"이러한 힘이 있다면, 그 누구라도 세상에 나를 보여주고 싶을 겁니다."

"그렇기에……."

비자홍의 입가에 옅은 미소가 흘렀다.

"자네는 굉천도의 힘을 이을 수 없는 걸세."

초량의 눈에 불똥이 튀었다.

"그렇다면야."

콰아아앗!

허공에 참격이 일었다. 순간 초량은 비자홍이 아닌 옆쪽의 창고를 향해 도격을 날렸던 것이다.

굉음과 함께 나무로 된 벽이 쪼개지며, 먼지가 피어오른다.

비자홍의 얼굴이 굳어졌다.

"듣자 하니… 굉명은 형인문의 기보로 보관되어 있다던데."

그는 여유롭게 앞을 바라보았다.

후두둑 떨어지는 나무조각들 사이에, 칼 한 자루가 걸려 있었다.

"찾았군."

초량의 입가가 말려 올라갔다.

천에 둘둘 말린 채, 칼날을 뽑지 못하도록 쇠까지 덧대 놓았다.

그것을 본 초량의 손이 앞으로 향했다.

"그럴 수는 없다……!"

동시에 찌르릉 하는 소리가 울려 퍼졌다. 비자홍은 떨어진 칼날을 쥔 순간, 전력을 다해 오른손을 휘둘렀던 것이다.

내공에 의해 참격은 유형화된다.

초량은 그것을 보며 자신의 도로 그 참격을 후려쳤다.

굉음.

순간적으로 허공이 떨리며, 사방에 모래바람이 휘날렸다.

하지만 비자홍의 눈꺼풀은 점차 떨릴 수밖에 없었다. 초량은 아무렇지도 않다는 듯, 그의 공격을 흩어버리며 서 있었기 때문이었다.

"시대는 지났습니다."

초량의 손이 앞으로 향했다.

끼리리리릭……!

사슬이 물결친다. 동시에 굉명의 칼집에 진동이 일며 서서히 당겨지기 시작했다. 초량의 강대한 내공이 굉명을 잡아당기고 있었던 것이다.

비자홍의 눈가가 일그러졌다.

'몸이 조금만 더……!'

그러나 그는 울컥 핏물을 뱉어냈다. 더 이상 육체가 내공을 견딜 수 없어 하고 있기 때문이다.

"시간을 이길 수는 없습니다."

초량은 묵묵히 그리 중얼거렸다. 사슬이 당겨지는 소리가 점점 거세지고 있었다.

"늙으면 결국 나약한 이가 되어버리고 말지요."

실제로 전성기의 비자홍이었다면 초량이 덤벼든다고 해도 조금도 힘들이지 않고 그를 제압할 수 있었을 것이다. 하지만 지금은 다르다. 병마와 싸우고 있는 데다, 오랜 기간 동안 제대로 발현하지 않았던 도법은 부담으로 변해 몸을 갉아먹었다.

"그렇기에 강해지려는 겁니다. 당신처럼… 유약한 패자(敗者)가 될 수는 없으니까."

비자홍의 눈살이 부르르 떨렸다.

"오만하군……."

"하지만 할 수 있는 말이기도 하지요."

초량의 입가에 미소가 감돌았다.

카라라라랑!

쇠가 뜯어지기 시작한다.

"스승님!"

멀리서 문광의 고함이 들렸지만, 더 이상 그들이 접근할 수는 없었다. 초량은 함자령의 실력이 문광보다 위라는 사실을 알고 있었기에, 느긋이 꾕명을 손에 넣으려 할 뿐이었다.

사슬이 마침내 뜯어졌다.

목벽(木壁)이 한 움큼 부서져 나가는 것과 동시에, 허공에

둥실 뜬 칼집은 서서히 초량에게로 다가서고 있었다.

"새로운 시대가 시작되었습니다. 더 이상 시천마는 없죠. 천하오절 역시… 지나간 유물입니다."

초량의 입가에 비릿한 웃음이 감돌았다.

즐거워 어쩔 줄 모르겠다는 웃음이다.

비자홍의 손에서 결국 칼이 떨어져 내렸다. 이제 쥐는 것조차 제대로 할 수 없었다.

그의 흐릿한 눈에 절망이 맴돌았다.

"자네에게 내 뜻을 맡기지."

"령기……."

무력한 목소리가 흘러나왔다.

'와라.'

초량은 굉명을 똑바로 바라보고 있었다.

그가 그리도 원하던 '증거'가 저곳에 있다.

손에 쥐는 순간, 초량은 자신이 한층 더 나아간 세계를 볼 수 있을 것이라 믿어 의심치 않았다.

그늘이 어렸다.

괘념치 않으려 했다. 굉명에 온 정신이 쏠려 있었기 때문이다.

하지만 비자홍의 눈에 의아가 감돌았다.

그것에 저도 모르게 고개가 들려 올라갔다.

그리고.

허공에서 뛰쳐 나온 소하의 모습에 초량은 저도 모르게 눈살을 찌푸렸다.

"뭐⋯⋯!"

허공을 가르는 일격.

쩌어어엉!

천양진기의 기운이 가득 실린 공격에 초량은 별 수 없이 오른손을 들어 올려 소하의 검을 막아야만 했다.

쿠드드드드!

"크, 윽!"

막아내는 순간 경력이 사방으로 퍼져 나가며 모래가 진동한다. 심지어 흙이 마치 북을 두드린 것처럼 떨리며 위로 솟구치기까지 했다.

소하는 칼자루를 붙잡은 손을 그대로 비틀었다.

키기기기긱!

초량의 도를 아래로 꺾어 내리는 순간, 소하의 왼손이 허공을 때렸다.

퍼엉!

가죽이 터지는 듯한 소리가 울렸다.

"윽⋯⋯!"

초량은 신음을 토해내며 뒷걸음질을 쳤다.

아프다.

강렬한 충격이 옆구리를 타고 전해졌다. 소하가 가진 극양기는 황망심법으로 보호한다 해도 은은하게 그 충격을 전하고 있었던 것이다.

소하는 비자홍의 앞을 막아서며 칼을 내렸다.

"마침 잘됐네."

당황한 초량과 비자홍이 멈칫한 새에, 소하는 칼을 겨누며 말을 이었다.

"딱 노리던 녀석이 앞에 있으니."

第五章
굉명

"하!"

소하를 알아본 초량의 입가에서 헛웃음이 터져 나왔다.

"건방진 놈이로군. 덜 얻어맞았나 보지?"

콰르르르르!

초량의 눈이 흘깃 소하의 뒤쪽으로 향했다. 창고가 무너져 내리고 있었다.

소하의 난입으로 순간 광명을 끌고 오던 내공이 어그러져 버린 것이다.

'조금 시간이 걸리겠군.'

초량은 자신의 애도, 비영(緋獰)을 쥐며 조용히 자세를 잡왔다.

"이쪽이 할 말인데."

소하는 전신에서 천양진기를 끌어올렸다.

순간적으로 노란 내공의 빛이 그의 전신을 두르자 지켜보던 비자홍의 눈이 희미하게 떨렸다.

"무슨 뜻이지?"

초량이 묻자, 소하는 들고 있던 천회맹 무인의 칼을 그에게 겨누며 입을 열었다.

"네가 가진 힘."

"수많은 이를 베었다. 개중 나를 욕하는 자도, 죽이려 덤벼드는 자도 있었지."

광천도법은 그러한 힘이다.

가로막는 모든 적을 단호히 격파하고 나아갈 수 있는 힘.

"하지만."

소하는 가슴 깊은 곳의 떨림을 느꼈다.

이것은 두려움이 아니다.

오히려 자신이 해야만 하는 일, 그것을 찾았기에 나오는 확신이었다.

"마 할아버지는 너 같은 놈이 쓰라고 그 힘을 남긴 게 아니야."

"내 평생 후회할 일은 없었다. 마음이 가는 대로, 내 나름대로 옳은 선택을 했기에 말이지."

그는 그렇게 말했었다.

"뭐라?"

초량의 눈가가 일그러졌다.

하지만 더 물을 수는 없었다.

그 순간 도약한 소하는 미끄러지듯 순식간에 초량에게로 쏘아지고 있었다.

"감히!"

초량의 눈가가 일그러졌다. 소하가 무슨 말을 했는지 제대로 이해할 수는 없었지만, 자신에게 덤벼드는 건방진 자들은 이제까지 늘 똑같은 꼴을 만들어왔었다.

초량의 도가 허공을 갈랐다.

콰삿!

횡으로 긋는 동시에 손목을 꺾어 그대로 위에서 아래로 양단했다.

굉천도법을 멀리서 볼 때에는 다들 지나치게 힘으로 밀어붙인다는 느낌이 들 정도로 강한 패력(覇力)을 느끼지만, 막상 상대해 보면 그와는 다르다는 사실을 알게 된다.

단순히 그 정도의 도법이었다면 굉천도 마령기는 천하오절에 들 수 없었을 것이다.

굉천도법의 정수는 베어내는 순간에 있다.

손목을 뒤틀고, 팔을 휘두른다.

그와 동시에 베어내기는 천변(千變)하며 순식간에 마주하는 상대의 요혈을 잘라내는 것이다.

지금 초량이 펼친 섬라(閃羅) 역시 그러한 초식이었다.

횡으로 베어낸 것을 반격하려는 순간 적은 정수리부터 쪼개진다.

소하는 이제까지 항상 그래왔던 것처럼, 횡으로 그어내는 공격을 방어하려 팔을 뻗고 있었다.

'얼간이 같은 놈.'

이전과는 다르다. 확실히 소하를 죽여 버린 뒤, 마저 자신의 볼일을 이어가려 했다.

하지만.

캉!

날밑이 부딪쳤다.

초량의 눈이 치켜떠졌다.

소하는 자신의 날밑을 초량의 도와 부딪치는 것과 함께, 아주 사소한 엇갈림을 눈으로 포착했다.

그 사이를 뚫고 들어오는 주먹.

초량은 다급히 황망심법을 전개했다.

투콱!

"크윽!"

초량의 입에서 신음이 터져 나왔다. 정통으로 얻어맞은 주먹에 그는 비척비척 뒤로 밀려가며 겨우 숨을 토해냈다.

'뭐지?'

얻어맞은 순간 눈앞이 번쩍거렸다. 전혀 예상도 하지 못했던 타격이었다.

비자홍 역시 어안이 벙벙한 표정으로 소하를 바라보고 있었다.

소하는 아무 말도 하지 않았다.

그저 조용히 자세를 다시 취할 뿐이었다.

"그게 다인가 보지?"

초량의 머리칼이 꼿꼿이 곤두섰다.

"건방진……!"

황망심법이 극대화되면 마치 번개에 휩싸인 듯한 형상이 된다.

소하는 마치 과거가 눈앞에 점점이 어리는 것만 같았다.

"때로는 전력을 보여줘야 네가 제대로 '정점'을 알 수 있지 않겠냐."

마 노인은 그런 말을 했었다. 현 노인이나 척 노인은 아직 소하에겐 먼 일이라며 꺼려했지만, 마 노인은 아무렇지도 않게 자신의 전력을 보여준 적이 있었다.

초량의 손이 휘둘러졌다.

"그렇다면, 제대로 보여주마!"

폭풍이 휘몰아친다.

비자홍의 입에서 다급한 목소리가 터져 나왔다.

"피해라! 저건⋯⋯!"

괭천도 마령기가 즐겨 사용했던 초식, 천뢰(千雷)!

사방에서 마치 번개가 몰아치는 양 상대를 도륙하는 무지막지한 절초였다.

소하의 손이 휘돌았다.

카앙!

찔러오는 첫 번째 도격을 아래로 내려친다.

그와 동시에 초량의 몸이 기울었다.

'또⋯⋯!'

그는 자신에게 든 위화감에 고개를 치켜들었다. 그 앞에는 소하가 달려들며 무릎을 치켜 올리고 있었다.

콰악!

이번에는 왼팔로 막아냈다. 무릎을 올려치자 팔에 저릿함이 어리며 튕겨 나갔고 그 순간 소하는 허리를 비트는 동시에 칼을 앞으로 쏘아냈다.

카카카캉!

초량은 정신없이 팔을 휘저었다.

소하의 칼날을 허용했다간, 즉사할지도 모른다는 묘한 두려움이 엄습했기 때문이다.

그는 뒤로 물러서며 침을 꿀꺽 삼켰다.

'초식을 파훼(破毁)했다.'

위화감의 정체는 바로 그것이었다.

소하는 천뢰가 펼쳐지려는 순간, 가장 먼저 첫 초식을 내려 쳤다. 그렇기에 검을 회수하는 동시에 차격(次擊)을 쏘아내는 궤도 자체가 어그러져 버린 것이다.

훌륭한 대처였다.

마치 그 초식을 수없이 상대해 본 것처럼 말이다.

"큭!"

초량의 눈이 매서워졌다.

소하는 여전히 가만히 침묵을 지킨 채로 그를 겨누고 있을 뿐이다.

경계해야 했다.

초량의 본능은 그렇게 소리쳤다. 소하의 실력은 둘째 치더라도, 방금처럼 초식을 단숨에 파훼당한 적이 없었기에 그는 명백히 당황하고 있었다.

하지만.

"내 앞에서 그딴 눈을……!"

황망심법의 기운이 매섭게 일어났다.

"짓지 마라!"

땅을 박차는 순간, 초량의 몸은 마치 맹수처럼 소하에게로 짓쳐 들어갔다.

쐐애액!

소하는 턱을 젖히며 매서운 일격을 피해냈다.

'다 알고 있는 초식이야.'

그렇기에 피하기는 쉽다.

이전 마 노인과의 격렬한 실전이 있었기에, 지금 초량이 펼치는 도법에 대해서는 확실하게 대처할 수 있었던 것이다.

'할아버지 말이 맞았네.'

실력을 키우는 데는 실전이 가장 좋다며 자신의 주장을 피력하던 마 노인이 떠올랐다.

'하지만.'

소하는 슬쩍 손에 쥐고 있는 칼을 내려다보았다. 벌써 양기를 이겨내지 못해 칼날이 뭉그러지고 있었다. 가장 큰 문제는 바로 그것이었다.

카악!

그와 동시에 칼날이 날아들었다.

"그러고 보니……."

초량의 눈이 번뜩였다.

"칼이 못 버티더군!"

순간 참격의 소나기가 쏟아졌다. 초량은 판단을 끝낸 순간 소하가 방어할 수밖에 없도록 마구 몰아쳐 나가고 있었던 것이다.

초량은 무재(武才)다.

짧은 시기에 황망심법과 굉천도법을 익혔고, 단시간에 익힌 무공을 체화할 정도로 상당한 재능을 지니고 있었다.

그렇기에 그는 천회맹에서도 전승자로 인정받아 지금에 이른 것이다.

칼날이 구부러진다. 소하는 땅을 거세게 밟으며 순간 세 갈래로 갈라져 나갔지만, 삼첩영의 기술은 도격에 의해 모조리 분쇄된다.

'역시 마 할아버지의 무공……!'

소하는 그리 생각하며 자세를 낮췄다. 일단 어떻게든 맨손으로라도 초량을 무력화시켜야 했던 것이다. 하지만 초량은 쉽게 당해줄 만큼 호락호락하지 않았다.

소하의 손에 들린 칼이 마침내 떨어져 나갔다. 극양기와 외부에서 압박을 가해오는 힘을 이기지 못한 것이다.

쩔그렁!

땅바닥에 떨어지는 소리.

그와 동시에 초량의 입가가 찢어질 듯 휘어 올라갔다.

"죽어라!"

뒤로 물러서려는 순간, 소하의 눈이 흘깃 뒤로 향했다.

그곳에는 비자홍이 있었다. 쓰러진 그가 말려들 수도 있기에, 섣불리 다가설 수 없었던 것이다.

비자홍 역시 알아챘다.

소하는 반격할 수 있음에도, 제대로 된 무기가 없어 제대로 싸우지 못한다는 것을 말이다.

극양의 내공은 육체를 활성화시키지만 그만큼 무기에도 부담을 많이 미치게 된다.

"문제를 알면서도 다시 덤비다니… 어리석군!"

초량의 고함에 소하는 눈살을 찌푸렸다.

쏴콱!

도격이 거칠게 허공을 때린다. 잠시라도 경계를 놓았다간 그대로 소하의 머리가 날아가 버릴 만한 힘을 품고 있었다.

"굉천도법은……!"

소하의 입에서 거친 고함이 터져 나왔다.

"사람을 죽이기 위해 만든 게 아니야!"

"무공은 살인(殺人)을 위한 공부(工夫)다!"

초량의 눈에서 살기가 뻗어 나왔다. 이상하게도 소하의 말을 들으면 들을수록 그가 거슬렀다. 당장에라도 목을 베어버려, 붉은 핏물을 치솟게 만들고 싶을 정도로 말이다.

"아니……!"

소하의 손이 휘둘러졌다.

"아니야!"

뭉그러지지 않은 칼날 부분과 초량의 비영이 격돌하자, 꽈직 소리와 함께 날밑까지 함께 날아가 버린다.

자루만이 남았다 해도, 소하는 몸을 굽혀 공격을 피해냈다.

초량은 소하의 오른손에 쥐어진 칼자루를 보며 비릿한 미소를 지었다.

"그럼 대답해라!"

콰아아앗!

도격이 거칠게 사방으로 흩어져 나갔다. 소하의 도주 경로를 아예 차단하기 위해서였다.

"천에 이르는 자를 죽인 경세(警世)의 절학(絶學)이 무슨 이유로 존재한다는 거냐!"

가로막는 자를 부수고 나아간다.

초량이 느낀 굉천도법의 함의(含意)는 바로 그것이었다. 그렇기에 초량은 서슴없이 굉천도의 전승자가 되기로 마음먹었다. 누구나 마음에 들지 않으면 단박에 죽일 수 있는 힘. 그것이야말로 초량이 추구하는 길이었기 때문이다.

소하는 울컥 솟구쳐 오르는 분노를 억지로 집어삼켰다.

"내가 왜 무림인이 되었느냐고?"

어느 날이었다.

현 노인과 이야기를 주고받던 소하는 그의 이야기를 들은 뒤 다른 노인들의 과거도 궁금해졌다.

구 노인은 실실 웃으며 말을 돌릴 뿐이었고, 척 노인은 그런 걸 궁금해할 시간에 지식을 하나라도 더 머릿속에 넣으라며 호통을 칠뿐이었다.

사실상 틱틱대는 마 노인만이 제대로 대답해 줬다.

"그런 걸 말하려니까 영 부끄럽군. 뭐, 당연한 게 아니겠냐. 그건……."

"자유롭기 위해서다!"

소하의 고함에 비자홍의 눈이 둥그렇게 커졌다.

"이 무림에서……!"

쏴아아앗!

소하의 몸이 휘돌았다. 내공을 가득 실은 발은 순간 모래 바닥을 쓸며 위로 먼지를 피워 올리고 있었다.

그리고 그 틈을 수많은 각영(脚影)이 메웠다.

"큭!"

초량은 공격을 중단하며 도를 방패로 세웠다. 그 순간 도신에 수많은 발차기가 내리박혔고, 그는 뒤로 주륵 밀려나며 다시 자세를 고쳐 잡을 수밖에 없었다.

소하는 핏물이 어린 팔과 다리를 털며 매섭게 그를 노려보았다.

"누구보다도 자유롭기 위해서!"

그것이었다.

마령기는 살육에 미친 자가 아니었다. 오히려, 그는 수많은 이를 구하며 자신이 하고 싶은 일을 해낼 수 있었다.

"마 노인은 선한 사람이다. 다만, 그 속내를 많은 이가 제멋대로 재단할 뿐이지."

현 노인이 웃으면서 건넨 말이 아직도 잊히지 않는다. 그 말을 전해주며 소하가 히죽대자 마 노인은 부끄러워졌는지 괜히 고함을 고래고래 지르며 목도를 휘둘러 댔지만 말이다.

그런 마 노인의 힘을 이런 식으로 사용해 대는 초량을 도저히 용서할 수 없었다.

"흐."

초량의 입가에서 비릿한 웃음이 흘렀다.

"그렇다고 해서, 어쩔 거지? 이제 네게 무기는 없다."

비영의 칼자루를 꽉 붙잡은 초량은 소하를 매섭게 노려보며 손을 들어 올렸다. 방어하거나 피할 틈도 없게끔, 단숨에 그를 죽이기 위해서였다.

그 상황을 바라보던 비자홍의 눈이 떨렸다.

소하가 소리를 친 순간, 그는 자신도 미처 제대로 파악하지 못했던 무언가를 느꼈다.

굉천도 마령기가 자신에게 넘겨주었던 굉명. 그가 시천마와의 싸움에 나서기 전 무기를 비자홍에게 넘겨줄 때, 비자홍은 도저히 그 속내를 알 수 없었다.

굉명을 들고 싸움에 임하는 것이 시천마와 싸울 때 이길 가능성이 높아지지 않겠는가.

그러나 그 질문에 마령기는 씩 웃어 보일 뿐이었다.

"자네에게 내 뜻을 맡기지."

이해할 수 없었다. 오랜 기간 동안 친우로 지냈다 해도, 비자홍은 그 순간만큼 마령기를 이해할 수 없었던 적은 없었다.

"이어질 수 있도록."

그 말만을 남긴 채 그는 떠나갔을 뿐이다.

그가 어떤 생각을 하고 있었는지는 알지 못했다. 매일 굉명을 바라보며 물어보았지만, 그 칼은 숨을 죽인 채 고요히 침묵만을 지키고 있을 뿐이었다.

그리고 지금.

비자홍은 힘겹게 소리쳤다.

아마도 모든 것은 바로 이 순간을 위해서.

"굉명을… 가져가라!"

그 말과 동시에 소하와 초량의 눈이 뒤쪽으로 향했다.

"어서!"

타앗!

소하의 몸이 뒤로 날았다.

초량은 고함을 쏟아냈다.

"가게 둘 것 같으냐!"

소하는 허공으로 손을 뻗었다.

순식간에 소하에게로 쏟아지는 참격. 공중에 뜬 상태였기에 피하기도 불가능했다.

나무로 된 잔해들이 소리를 내며 흔들린다.

초량이 다급히 쏘아낸 참격은 공중으로 뛰어오른 소하를 당장에라도 조각낼 것만 같았다.

파아앗!

내공의 잔향이 비산하며 웅웅거리는 충격이 내뻗어졌다. 소하가 천양진기를 발동하며 참격을 손으로 튕겨낸 것이다.

"큭!"

소하가 공격을 막아내자 초량의 손이 앞으로 향했다.

소하가 가지기 전에 자신이 먼저 굉명을 확보하려는 생각에서였다.

그의 내공이 순식간에 허공으로 뻗어져 나갔다.

쿠르르륵!

잔해들이 더욱더 크게 꿈틀거리기 시작했다. 초량의 내공에 반응한 것이다.

섭물(攝物)이란 쉬운 일이 아니다. 심후한 내공과 그 내공을 다루는 절묘한 기술이 있어야만 가능한 것이다. 초량은 황망심법을 익히며 그를 충실히 수련했기에 순식간에 굉명의 몸체를 끌어당길 수 있었다.

하지만 노란빛이 어린다.

천양진기를 전신에 두른 소하는 마치 태양과 같은 모습으로 손을 앞으로 향하고 있었다.

두 명의 사이에서 꿈틀거리는 잔해.

이윽고 나무 잔해가 터져 나갔다. 내공의 당기기를 이기지 못한 탓이다.

그 순간.

초량은 자신의 몸이 출렁이는 기분이 들었다. 소하의 내공은 자신과 얼추 비슷하게 뿜어져 나가고 있었다. 섭물을 제대로 해본 적이 없었고, 그걸 섬세하게 잡아당기는 힘 역시 부족했다.

그런데도 비슷하다.

이해할 수 없었다.

그리고.

끼이이익!

사슬이 끊어지는 소리와 함께 초량은 자신이 내뿜던 내공의 기운이 밀리는 것을 느꼈다.

이해할 수 없는 일이었다.

'뭐지?'

하지만 그 순간.

기이하게도 이전 비자홍이 했던 말이 머릿속을 흘렀다.

"굉명은 주인을 고르는 도일세."

멀어진다.

초량의 눈이 황망하게 떠졌다.

그리고 소하 역시 알 수 있었다.

우우우웅!

두 명의 내공이 어지럽게 충돌하자 굉명에서는 알 수 없는 울음소리가 터져 나오고 있었다.

마치 오랜 시간을 넘어 다시 주인에게로 돌아간다는 듯 말이다.

"와라!"

마치 그것이 당연하다는 것처럼.

파아악!

잔해를 뚫고, 빛살이 도약했다.

"굉명!"

소하의 손에 칼자루가 붙잡혔다.

*   *   *

태경은 쓰러진 무인들 사이를 걷고 있었다.

혹시나 태경에게 해를 끼칠까 염려해, 소하는 확실하게 그들을 기절시키며 앞으로 나아갔었다.

"와……."

태경은 그것에 경악했다.

나이도 어려 보이는 소하의 무공은 자신의 상상을 아득히 초월한 것이었기 때문이다.

그리고 조심스레 무너진 벽 사이로 고개를 내밀었을 때, 태경은 초량과 싸우고 있는 소하를 보았다.

초량은 무서운 자였다. 어린 태경이 견디기 어려운 야수 같은 기운은 마주한 순간 그를 단숨에 베어낼 것만 같았기 때문이다.

하지만 소하는 그와 맞서 싸웠다.

칼이 부러지고, 밀려나면서도 필사적으로 그에 저항했다.

그리고 마침내 비자홍은 고함을 질렀다.

소하가 뛰어오른 순간, 태경은 눈을 동그랗게 떴다.

은빛이 허공을 가르고 있었다.

그리고 소하의 손에 칼이 붙잡힌 순간.

세상이 진동했다.

쫘라라라라랑!

주변이 몽땅 소리에 휩쓸려 무너지는 것만 같았다.

칼을 붙잡은 순간, 그 안에 실린 내공이 어마어마한 기세로 흘러들어 갔던 것이다.

태경은 그 광경을 똑똑히 보았다.

마치 이야기 속에 나오는 모습 같았다.

모두가 그 광경을 바라보고 있었다.

허공에 뜬 소하의 팔이 휘둘러지는 순간 날아들던 참격이
모두 거꾸러진다.

쾅쾅쾅쾅!

사방에 튕겨 나간 참격이 명중하며 폭음이 일어났다. 흙더
미가 마치 물보라처럼 솟아오르고 있었다.

굉명을 감싸고 있던 쇠들이 모두 뜯겨져 날아갔다. 칼날을
감싸던 천들 역시 서서히 풀려 나가며 굉명은 땅에 내려앉은
소하의 손에서 제 모습을 드러내고 있었다.

곡선을 그리는 칼날.

그러나 그 안에는 독특한 홈들이 파여 있어 휘두를 때마다
소리를 내게 만든 듯했다.

그렇기에 굉명(轟鳴).

이것이야말로 천하제일도라 불렸던 굉천도 마령기의 무구였
다.

"무슨… 짓이냐."

초량의 목소리에 이제까지 느낄 수 없었던 격렬한 분노가
스며들었다.

"굉명은… 네놈 따위가 쥐어도 되는 것이 아니다!"

황망심법의 기운이 사방으로 퍼져 나갔다.

바직거리는 내공의 잔향이 허공을 데우고 지면에 있는 나뭇잎들을 바스러뜨리고 있었다.

그러나 소하는 답하지 않았다.

가볍게 굉명을 들어 허공을 저었다.

손에 붙잡히는 칼자루의 감촉은 마치 오래 전부터 쥐어왔던 양 익숙했다.

'좋은 칼이다.'

알 수 있었다. 쥔 순간 칼을 만든 이의 휘두르기 위한 모든 안배가 전해져 왔다.

마 노인은 늘 굉명의 이야기를 했었다.

"너도 알게 될 거다. 누군가를 믿기 힘든 무림에서… 칼이란 더 없이 소중한 친구가 된다."

소하가 자신을 무시하기까지 하는 것에 초량의 눈꼬리가 치켜 올라갔다.

"감히!"

콰아앙!

격노한 초량이 순식간에 쏟아지기 시작했다.

비자홍은 다급해졌다.

일단 소하에게 무기를 들라 말한 것은 좋았지만 굉명은 아무나 쥐어도 되는 무기가 아니다.

이전, 그는 초량에게 굉명은 주인을 '고른다'고 말했다.

무기에 의지가 있을 리 없다.

하지만 그건 어떤 의미로는 옳은 말이었다.

천하 명장 연필백은 무기를 만들 적에 그것을 쥘 자에 대해 상세한 조사를 거친다.

그리고 오로지 그자만이 쓸 수 있는 무기를 제련해 내는 것이다. 따라서 굉명은 이 세상에서 유일하게 굉천도법에 알맞게 제련된 무구라고 할 수 있었다.

"위험하네······!"

그러나 소하는 눈을 들었다.

피할 수도 있었다.

아니, 그게 더욱 효율적인 일일 것이다.

지금 내려앉은 순간 파악한 상황으로는 운요를 비롯한 다른 이들을 돕기 위해 비자홍과 태경을 데리고 이 자리를 벗어나는 게 이득이었을지도 모른다.

하지만 칼을 쥐었다.

그 순간 과거는 뭉클 떠올라 눈앞을 메웠다.

"감기 조심해라."

그는 마지막에도 자신을 걱정해 주었다.

죽음이 눈앞에 자리하고 있음에도 이제부터 무림으로 나아
갈 제자를 걱정해 주었다.

그런데 지금 초량은 그러한 마 노인의 무공을 제멋대로 휘
두르고 있었다.

마 노인을 이미 지나 버린 유물이라 말했다.

물러설 수 없었다.

콰아아악!

초량은 거칠게 자신의 도를 휘둘렀다.

그는 아무리 소하가 꾕명을 쥐었다 해도, 무공이 갑작스레
강해지거나 할 일은 없다고 확신했다.

그는 꾕천도법의 공파를 펼쳤다.

단숨에 소하의 전신을 베어버린 뒤 칼을 빼앗을 생각이었
다.

하지만.

콰가가가가각!

소하의 손에서 펼쳐진 칼날은 순식간에 초량의 도격을 뭉
개 버리며 단숨에 그를 뒤로 쳐 날렸다.

"크아악!"

괴성과 함께 뒤로 날아가는 초량의 모습에 비자홍의 눈이
떨렸다.

소하의 등은 그가 기억하고 있는 누군가와 강하게 겹치고
있었다.

"잘못 배웠군."

소하는 조용히 그리 중얼거렸다.

땅을 구르던 초량은 주먹으로 강하게 바닥을 후려치며 몸을 반전시켰다.

기세를 죽이며 겨우 멈춰 선 그는 이내 자신의 가슴과 어깨에 새겨져 있는 상처를 보고선 멍한 눈을 들어 올렸다.

"뭐지?"

소하는 앞으로 걸어가고 있었다.

그와 동시에 천양진기의 기운이 강하게 퍼져 나간다.

너울너울 구부러지며 허공으로 흩어지는 그 모습에 초량은 저도 모르게 침을 삼켰다.

"뭐냐고 물었다!"

고함이 터져 나왔다.

팔이 벌벌 떨린다.

초량은 인정할 수 없다는 듯 고개를 세게 저으며 자세를 잡았다.

소하가 펼친 건 초량과 같은 공파였다.

다만 소하가 펼친 초식의 완성도가 훨씬 높았기에 초량의 공파가 허무하게 파훼되어 버렸을 뿐이다.

"왜 네놈이 굉천도법을……!"

"싸울 때 주절대면."

발로 땅을 박찬 순간, 소하는 천영군림보를 펼치며 초량의 앞까지 돌진해 있었다.

"팔에 힘 안 들어간다."

그와 동시에 굉명이 울부짖었다.

꽈르르르릉!

귓전을 때리는 소리.

마치 벼락이 몰아치는 것만 같았다.

굉천도법의 무린(蕪躙)!

방어하지 못하면 순식간에 육체를 날려 버리는 도격이 소나기처럼 뿜어져 나갔다.

"크, 으으으!"

막아내는 순간 전신의 뼈가 다 조각나는 것만 같은 충격이 전해져 왔다.

핏물이 허공을 날았다. 전부 막아낼 수 없게 되자, 초량은 결국 일부 공격들은 자신의 팔과 다리로 어떻게든 흘려내었던 것이다.

그리고 소하가 칼을 거뒀을 때, 초량은 전신이 붉은 피로 범벅이 된 채로 비틀거리고 있었다.

"뭐… 지… 네놈……!"

아직까지도 소하의 목줄기를 물어뜯고 싶다는 눈은 변하지 않았다.

소하는 흘깃 손에 쥐어진 굉명을 내려다보았다.

'부러지지 않아.'

천양진기의 기운을 가득 흘려 넣는다 해도, 굉명은 전혀 아무렇지 않다는 듯 희미한 울음소리만을 흘려내고 있을 뿐이었다.

마치 마 노인이 말을 걸어오는 것만 같았다.

더 휘둘러 보라고 말이다.

초량은 신음을 흘리며 몸을 일으켰다.

거죽만 베였을 뿐이지, 몸을 움직이지 못할 정도의 상처를 입은 것은 아니었다. 그러나 그것보다도 그를 경악하게 만든 것이 따로 있었다.

"왜 네놈이 굉천도법을 쓰는 거냐……!"

주변에 고요가 일고 있었다.

함자령을 포함한 모든 이들이 검을 멈춘 채로 그 광경을 바라보고 있었고, 운요 역시 뒤로 물러서며 긴장한 표정으로 초량과 소하를 응시했다.

"어디서… 구결이라도 얻었나 보지?"

헛웃음을 뱉은 초량은 이윽고 천천히 자신의 도를 들어 올려 소하를 겨눴다.

"아니, 배웠다."

"뭣……?"

소하는 무시무시한 기운을 일으키며 앞으로 걸음을 옮겼다.

"무슨 헛소리를……."

그리 중얼거리던 초량은 소하의 발이 자신에게로 다가오는 것을 보았다.

'멍청한 놈!'

그 순간 초량은 기감을 최대로 확대시켰다. 자신과 소하의
공격 궤도를 살피는 것이다.

기수식을 취한 초량과 다르게 소하는 아무런 자세도 취하
지 않은 채 평온히 걸어오고 있을 뿐이었다.

무공에 있어서 선공(先攻)의 차이는 크다. 적이 아무런 대처
를 취하지 못한다는 것을 확신한다면, 일격에 상대를 참살할
수 있기 때문이다.

소하가 자신의 앞으로 다가온 순간, 초량의 손은 어마어마
한 속력으로 휘둘러졌다.

황망심법에 의해 전신이 바짝 긴장된 상태, 더군다나 소하
에 대한 경계심 덕에 초량은 전력을 다한 공격을 내지르고 있
었다.

굉천도법을 알고 있다.

그 사실 하나만으로도 초량은 소하를 반드시 죽여야 한다
고 느꼈다.

천장우.

초량이 익힌 굉천도법의 십이식 중 마지막 초식이자, 굉천도
법의 최절초였다.

그가 아는 한에선 말이다.

섬광이 번쩍였다.

천장우의 시작은 강렬한 찌르기에서 비롯된다.

허를 찌르는 일격과 함께 상대의 궤도를 옭아매어 피할 수 없는 공격을 만들어내는 것이다.

다시 말한다면 찌르기를 걷어내는 것으로 대부분의 공격을 받기도 전에 무효화시킬 수 있다는 뜻이다.

초량의 눈이 번뜩였다.

'이놈은 굉천도법을 알고 있다.'

그렇기에 이전 그의 공격을 파훼했던 것이다. 아마 천장우의 초식 역시 파훼법을 알고 있을 가능성이 농후했다.

지금 이 찌르기는 미끼다.

초량은 소하가 가볍게 걸려드는 것을 보며, 속으로 비릿한 웃음을 지었다. 그가 칼을 걷어내는 순간, 품으로 파고들며 공격을 이어나갈 준비가 되어 있었다.

'와라!'

소하를 그대로 밀어붙이려던 초량은 이내 자신의 칼과 부딪치는 굉명을 주시했다.

움직이지 않는다.

그가 찌르기를 거두려는 순간, 소하는 오히려 한 걸음을 더 다가왔을 뿐이었다.

마치 초량이 하려는 행동을 이미 알고 있었다는 듯 말이다.

"뭐……!"

"칼에 힘을 싣지 않는 놈들은."

굉명이 휘둘러졌다.

콰콰콰콰쾅!

순간 황망심법을 최고조로 끌어올린 초량은 이내 자신의 어깨에 길쭉한 상처가 그어지는 것을 보았다.

피가 솟는다. 그와 동시에 천장우의 초식이 모조리 어그러져 버렸다.

"대체로 딴 생각을 하고 있다고 하셨지."

굉명이 하늘로 솟구쳐 올랐다.

아직 소하의 공격은 끝나지 않았다.

"크읏……!"

초량의 손이 빠르게 도를 휘둘렀다.

카아아앙!

큰 소리와 함께 굉명과 비영이 부딪친다.

하지만 그 순간 초량은 자신의 몸이 붕 뜰 정도의 어마어마한 압력을 느껴야만 했다.

그의 눈이 일그러졌다.

"네놈……!"

"굉천도법은 너 같은 놈이… 제멋대로 쓰라고 만들어진 게 아니야!"

소하는 고함을 질렀다.

그를 용서할 수 없었다.

마 노인에게는 뚜렷한 의(義)가 있었다.

그리고 그것의 정수(精髓)가 바로 굉천도법인 것이다.

크그그극……!

밀려 나간다.

발에 힘을 주지만 굉명에 실린 어마어마한 경력을 도저히 이겨내기가 버거웠던 것이다.

초량은 거칠게 숨을 토해냈다. 침이 입에서 줄줄 흘러나와 땅으로 떨어지고 있었다.

하지만 그걸 신경 쓸 틈은 없었다. 소하가 펼치는 굉천도법을 본 뒤로, 초량의 머릿속은 마치 번개를 맞은 양 어지럽게 뒤엉켜 있었다.

"나는!"

초량은 다시 한 번 천장우를 펼쳐 내며 괴성을 내질렀다.

머리는 산발이 되었고, 온몸은 혈선으로 그득했다.

"굉령도다!"

굉천도를 이어받는 자.

그가 연서림에서 무력으로 황망심법을 취했을 때, 그 사실은 이미 정해진 일이나 마찬가지였다.

굉천도법과 황망심법.

이 두 가지만 있다면 그는 자신도 천하오절에 다가갈 수 있으리라 믿었던 것이다.

그 강대한 힘으로 무림의 모든 것을 제 마음대로 다룰 수 있을 것이라 확신했다.

"그렇겠지."

소하는 싸늘하게 중얼거렸다.

뺨을 스쳐가는 초량의 칼날. 하지만 소하의 눈은 이미 그가 펼치는 초식을 전부 꿰뚫어 보고 있었다.

"하지만……!"

부서진다.

천장우의 초식은 그것과 마주하는 도격과 함께 마주하자 산산조각으로 박살이 나고 있었다.

"굉천도는 아니야!"

밀린다.

꽈라라라라라라!

굉명의 울음소리가 귓전을 울렸다.

마치 하늘이 무너지는 것만 같았다.

굉천(轟天).

소하의 도격에서 그 두 단어가 떠오르는 순간, 초량은 자신의 몸을 가르는 질풍(疾風)에 눈을 부릅떠야만 했다.

콰앙!

도격이 부딪치자, 초량은 마치 자신의 팔이 사라진 것만 같은 기분이 들었다.

산산이 쪼개져 오른팔이 아예 분해되어 버린 듯했다.

콰앙!

두 번째의 공격이 가슴에 적중했다.

"크학!"

황망심법이 통째로 어그러진다. 그리고 그의 자세가 허물어지는 순간 소하의 손에서 네 번의 도격이 더 몰아쳤다.

쿵! 쿵! 쿵! 쿵!

사람의 몸이 밀려 나간다.

황망심법으로 베이는 것을 막았다 해도, 그 충격마저 전부 해소시킬 수는 없다.

이내 다리가 붕 뜬 채로 초량은 소하의 사격(四擊)을 전신에 허용할 수밖에 없었다.

날아간다.

마지막 공격이 휘둘러진 순간, 초량은 볼품없이 튕겨 나가며 땅을 나뒹굴었다.

"굉천도법 십사초."

소하는 그를 베어낸 뒤 허공에 굉명을 휘둘렀다.

우-우-우-우-웅!

섬뜩한 바람소리와 함께, 초량의 핏물이 떨쳐져 나갔다.

"풍삭(風削)이다."

쩔그렁……!

초량의 도가 손에서 빠져나가 바닥에 나뒹굴었다.

온몸의 힘이 사라지는 동시에 허공으로 황망심법의 잔재가 흩날리고 있었다.

"십… 사……?"

초량은 땅바닥에 뺨을 댄 채로 멍하니 중얼거렸다.

그런 건 모른다.

초량에게 있어, 단 한 번도 들어본 적이 없는 초식이었다.

"말도… 안……."

그르륵거리는 소리와 함께 피를 게워내는 그의 모습.

부딪친 순간 체내의 내공이 분탕질을 일으킨 것이다.

이윽고 초량이 의식을 잃자, 소하는 고개를 돌렸다.

모든 이들이 침묵한 채로 그 광경을 지켜보고 있었다.

"굉천도법……!"

비자홍의 놀란 목소리만이 흘러나올 뿐이었다.

함자령을 비롯한 천회맹의 무인들은 새파랗게 질린 표정으로 어찌할 바를 모르고 있었다.

그리고 그런 그들에게 굉명을 겨누며, 소하는 조용히 중얼거렸다.

"이제, 어떻게 할 거지?"

모두가 서로를 돌아볼 뿐이었다.

이미 전의(戰意)는 사라졌다.

당연할 것이다. 눈앞에서 천하오절의 재림(再臨)과도 같은 일을 보았으니 싸울 마음이 들 리가 없었다.

쩔그렁!

무기가 떨어지는 소리가 들렸다. 함자령이 한 일이었다.

그가 한 행동에 의해 천회맹원 모두가 무기를 땅에 떨어뜨리며 고개를 숙이기 시작했다.

싸움이 끝났다는 이야기다.

"대, 대협께 무례를 사과드립……."

"그럴 마음도 없으면서 그러지 마요."

소하는 그리 쏘아준 뒤, 이내 초량을 턱짓으로 가리켰다.

눈치 빠른 함자령은 재빨리 옆쪽의 천회맹원들에게 손을 휘둘렀고, 그것에 세 명이 달려가 쓰러진 초량을 들쳐 업고는 움직이기 시작했다.

"호, 호의에 감사드립니다. 대협! 이 은혜는 정말 광명(光明)하고 이후 저희의……."

"잠깐!"

어찌할 바를 몰라 횡설수설하고 있는 함자령을 향해, 소하는 손을 들어 올렸다.

그것에 모두가 멈췄음은 당연한 일이다.

소하는 위협스레 광명을 허공에 휘둘러 어깨에 걸친 뒤, 입가에 음산한 미소를 지었다.

"가기 전에, 할 일은 하고 가시죠."

*   *   *

"아이고, 피곤해."

운요는 털썩 주저앉으며 그리 중얼거렸다.

소하 역시 마찬가지였다. 기둥에 등을 기댄 채 미끄러져 앉은 소하는, 하아 하고 깊은 숨을 토해냈다.

"복잡한 하루였네요."

운요의 눈이 살짝 가늘어졌다.

"그래, 대단한 것도 봤고 말이다."

"에이, 형. 그게 사실 제가 숨기려고 한 건 아닌데……."

굉천도법.

전 무림에 그 이름이 쟁쟁했던 전설의 도법이다.

이제까지는 십이초식까지 알려져 있던 도법이거늘, 오늘 소하가 십사 초를 시전함으로써 천회맹의 무인들에게 확실하게 각인되어 버린 것이다.

굉천도법의 후계가 존재한다!

전 무림이 들썩일 법한 일이 분명했다.

다만 그 장본인이 입을 쩍 벌린 채 늘어져 있다는 것이 문제였다.

"저, 저기… 차를……."

"고마워!"

소하는 태경이 조심스레 다가서자 냉큼 찻잔을 받고, 원상태로 복귀했다. 다시 입을 쩍 벌린 채 늘어져 있는 것에 태경은 쩔쩔매는 표정을 지을 수밖에 없었다.

그러던 중 옆쪽에서 목소리가 들렸다.

"저, 대협……."

그곳에는 함자령이 서 있었다. 어쩔 줄 모르고 고개를 숙이는 모습에 운요는 헛 하고 웃음을 뱉었다.

"다 하셨나?"

"어, 어느 정도는 끝냈습니다. 남은 건 내일 맹의 인원과 자금을 들여서……!"

포권을 한 채로 어찌할 바를 모르던 함자령은 고개를 푹 숙일 뿐이었다.

멀리서는 무너진 문과 불이 난 벽을 보수하고 있는 천회맹 원들이 보였다.

아까 이들이 망가뜨린 곳을 복구하도록 말했던 소하는 성에 차지 않는다는 듯 고개를 이리저리 기울였다.

이들은 형인문을 멸문시키려고 했다.

무참하게 이들을 죽여 없앤 뒤, 문파마저 불태우려 했던 것이다.

'차라리.'

소하의 눈이 꿈틀거렸다.

순간적으로 깃든 그 기운에 함자령은 어깨를 움츠렸다. 그역시 소하가 어떤 생각을 하고 있는지 눈치챈 것이다.

"이제 됐네."

문광의 목소리가 흘러나왔다.

붕대를 감은 채 터벅터벅 걸어 나온 그는, 함자령을 혐오스레 내려다보며 중얼거렸다.

"말한 걸 이번에는 지키길 빌지."

"예, 예……!"

황급히 고개를 숙인 함자령은 이내 신발을 끌며 몇 걸음을 물러서기 시작했다. 소하와 운요도 아무 말을 하지 않자, 그들은 이내 줄행랑을 치듯 쏜살같이 형인문의 반쯤 탄 대문을 빠져나가고 있었다.

"괜찮은 겁니까?"

운요가 머리를 긁적이며 묻자, 문광은 한숨을 내뱉었다.

"마음 같아선 팔이라도 하나씩 자르고 싶지만."

그들이 하려던 짓을 생각하면 당연한 일이다.

"스승님이 원하지 않으셨네."

그 말을 남긴 뒤 문광은 몸을 돌렸다.

"스승님께서 자네들을 보고 싶어 하시네. 함께 해줄 수 있겠는가?"

소하가 고개를 끄덕이며 일어서자, 운요 역시 뒤를 따랐다.

문광의 시선은 소하가 들고 있는 쾡명으로 향해 있었다. 지금은 천을 둘러 감은 채였지만, 아까 전 보았던 광경이 아직도 눈에 선한 터였다.

소하와 운요가 안으로 들어서자, 얼기설기 벽돌을 채워 넣은 벽이 보였다. 아까 전 초량이 부숴 버린 탓이다.

그 안에는 비자홍이 앉아 있었다.

"들어들 오시게."

모두가 앉자, 태경이 쪼르르 달려와 문가에 앉았다.

"장호는 괜찮더냐?"

"네! 지금은 쉬고 계십니다."

태경의 말에 비자홍은 웃으며 고개를 끄덕였다.

"그것 참 다행이구나. 너도 들어가 쉬어도 괜찮다."

하지만 태경은 움직이지 않았다. 스승의 말이기에 움찔거리며 일어설 듯 말 듯 행동하고 있었지만, 여기 있고 싶다는 기색이 역력했다.

그것에 비자홍의 눈이 슬쩍 가늘어졌다.

"듣고 싶다면 상관없다. 광이도 이리 와서 앉거라."

"예."

문광은 머쓱하니 고개를 끄덕이며 앞으로 향했다.

그가 소하와 운요의 뒤쪽에 앉자, 비자홍은 힘없는 눈을 들어 앞을 바라보았다.

"진심으로 감사를 표하겠네. 자네들 덕에 제자들을 살릴 수 있었어."

"그런데… 괜찮으시겠습니까?"

운요는 걱정스런 표정으로 그리 말했다. 이대로 천회맹원들을 보내준다면, 차후 그들이 보복을 할 가능성도 있기 때문이었다.

"괜찮네. 그들이 원하는 건 굉명이었고… 지금, 일이 이렇게 되었으니."

비자홍의 말에 소하는 아 소리를 내었다.

"돌려드리겠습니다."

그와 동시에 소하는 옆에 놔뒀던 광명을 들어 앞으로 내밀었다.

문광과 태경의 눈이 동그랗게 변했다.

비자홍은 침묵한 채로, 가만히 소하가 내민 칼을 바라보고 있었다.

"어째서 내게 다시 주려고 하는가?"

그는 광천도법을 익혔다. 비자홍을 포함한 모두가 알 수 있었다. 광명을 휘두를 때 펼쳐졌던 우렁찬 뇌음(雷音). 고막이 터질 듯한 그 뜨거운 울림을 들었기 때문이다.

"소중하게 여기셨으니까요."

소하는 그리 말했다.

마 노인의 무공을 이어받았다고 해서, 그의 무기를 가질 이유는 어디에도 없다.

게다가 자신의 몸이 죽어가는 것도 상관 않고 초량과 대치할 정도로, 비자홍은 광명에 대해 특별한 감정을 지니고 있는 듯했다.

그렇기에 서슴없이 칼을 넘겨줄 수 있었던 것이다.

비자홍의 눈이 잠시 광명에게로 향했다.

천에 감싸졌지만, 아까 전 보여줬던 어마어마한 위력은 여전히 눈에 선했다.

"령기는… 죽었는가?"

소하는 아무 말도 하지 않았다.

"저를 지키려 하셨습니다."

운요와 문광의 눈가에 이채가 떠돌았다.

천하오절의 일절, 굉천도 마령기의 소식은 정보상이라면 천금을 주고 살 정도로 귀중한 것이다.

"그 친구가 입은 거칠어도 여린 면이 있었지."

비자홍은 헛헛한 웃음을 뱉으며 그리 중얼거렸다.

"자네에게서 령기를 보았었네."

이상했다.

소하와 마 노인은 닮지도 않았을뿐더러, 그 움직임이나 화법 역시 차이가 크다.

그러나 본 순간 비자홍은 알 수 있었다.

그 외침, 세상 누구보다도 자유롭기 위해 칼을 휘두른다는 그 말에, 이 소년은 굉천도 마령기에게 수련을 받았다는 것을 알아차렸다.

"왜 우리를 도우려 했는가?"

같잖은 협객 노릇이라면 도우려 드는 척을 하는 것으로도 충분했다.

위선(僞善)을 부리려는 자들은 이 무림에 널리고 널려 있기에, 비자홍은 그런 이들을 쉽사리 믿지 않았다.

소하는 잠시 고민했다.

"딱히 이유를 설명하기는 힘든데……?"

미간을 잠시 긁적인 후, 소하는 어렵다는 듯 고개를 옆으로 살짝 기울였다.

"그 초량이라는 녀석이 마음에 들지 않았으니까요."

"그렇군."

비자홍의 입가가 비쭉 움직였다.

그는 웃고 있었다.

미주알고주알 다른 변명을 해댄다면, 오히려 더욱 신뢰가 가지 않았을 것이다. 때로는 정리되지 않은 말이 더 와 닿을 때가 있는 법이다.

"굉명을 받을 생각은 없었네. 자네에게 맡기지."

그것에 소하는 당황한 표정을 지었다. 하지만 이내 결연히 고개를 끄덕였다.

"감사합니다."

이윽고 비자홍의 눈이 운요에게로 향했다.

"자네에게도 감사를 표하네."

"아닙니다. 천회맹의 이번 일은… 정말로 비도(非道)였습니다."

"그들은 아직 어리지. 이전의 시대를 그저 넘어서야 할 과거로 치부해 버리고 있어."

비자홍은 쓸쓸하다는 듯 그리 중얼거렸다.

천회맹은 전체적으로 나이대가 어린 젊은이들로 구성되어

있다.

당연한 일이다. 이전 세대는 모두 시천월교와의 전쟁을 겪었고, 그 도중 수많은 무인이 목숨을 잃기도 했으며 심지어는 그 무공이 끊기는 일도 허다했다.

그런 상황이었기에 새로이 권력을 잡은 집단인 천회맹에게는 아무런 자본도 없고 강한 무인이 적은 형인문이 아무런 가치를 지니지 못했던 것이다.

"하지만 그래도 안도가 되는군. 아끼는 제자 셋이 모두 살게 되었고… 와중, 새로운 경지를 본 아이도 있으니."

문광은 쑥스럽다는 듯 고개를 슬쩍 숙였다.

그는 제대로 된 실전 경험을 오랜만에 다시 쌓았다. 형인문에 제자가 많았던 시기는 있었지만, 맏형의 자리에 있으면서 점차 자신이 녹스는 기분이 들었기 때문이다.

그리고 이번의 싸움으로 조금 더 형월도법을 어떤 식으로 사용해야 하는지 배운 느낌이었다.

"보답을 하고 싶지만, 아무것도 없는 본 문의 형편상… 인사밖에 할 수 있는 게 없군."

"옳은 일을 하는 데에 무슨 대가가 필요하겠……."

"그럼 부탁이 있어요!"

포권을 하며 멋진 말을 읊조리려던 운요는 이내 맥빠지는 표정으로 소하를 바라보았다.

그에게 씩 웃음을 보인 소하는 이윽고 고개를 앞으로 내밀며 물었다.

"마 할아버지에 대한 이야기들을… 말씀해 주실 수 있으신 가요?"

비자홍의 눈이 동그랗게 변했다.

주름진 뺨이 슬쩍 실룩였다.

눈시울이 붉어졌다.

"자홍, 재미없게 그러고 있지 말고 나가자고! 세상에 즐거운 게 얼마나 많은데!"

마치, 그리 툴툴거리며 자신을 붙잡던 둘도 없는 친구가 떠오를 정도였다.

과거가 되돌아온 것 같아, 그는 오랜만에 정말로 즐거운 웃음을 지었다.

"그런 거라면, 기쁘게 말해주지."

밤이 기운다.

결국 소하는 비자홍과 함께 밤늦게까지 이야기를 하게 될 모양이었다.

운요는 머리를 긁적이며 밖으로 나섰다. 아무래도 두 사람만 있는 게 더 좋을 것 같다는 생각에서였다.

그리고 바깥에 나왔을 때, 그곳에는 붕대를 온몸에 칭칭 감은 장호가 서 있었다.

"사… 형……."

장호는 입술을 꾹 깨문 채로 문광을 마주 바라보고 있었다.

문광의 눈은 엄했다. 당연하다. 그는 문파의 비밀을 팔았고, 사형과 스승의 말을 듣지 않고 제멋대로 행동해 모두의 위협을 불러왔다.

기사멸조(欺師滅祖)에 대한 벌은 죽음밖에 없었다.

"저는……."

문광은 가만히 장호를 노려보고 있었다.

아무 말도 할 수 없다.

그저 떨어질 처벌을 기다릴 뿐이다.

"태경이가 네 수발을 도맡았다."

예상하지 못한 말이었다.

"잠도 제대로 자지 못했지."

"그… 렇군요."

"할 말은 없느냐?"

장호의 표정이 복잡하게 변했다. 대체 지금 이야기가 어떻게 돌아가고 있는지를 알 수 없었던 것이다.

운요는 슬쩍 미소를 지었다.

'좋은 사제로군.'

문득 연철이 떠오를 정도였다.

"내일 일어나면 주변 청소는 네가 해라. 나는 마을로 내려가 밀렸던 천회맹과의 일을 해결해야 할 테니."

장호의 눈시울이 붉게 물들었다.

"예."

"태경이는 좀 오래 재우도록 해라."

"알겠습니다."

"너도 마찬가지다. 그 몸으로는… 형월도를 수련하기에 어려움이 있으니."

문광은 그런 말을 남기며 장호를 지나쳤다.

"들어가 쉬어라."

떠나가는 그의 모습에 장호는 주먹을 꽉 쥐며 몸을 바르르 떨었다.

"예… 사형……!"

겨우 울음을 참으며 그런 말을 할 수밖에 없었다.

운요의 눈이 슬쩍 옆으로 향했다.

멀리 보이는 자재들 사이에는 태경이 서 있었다.

달빛을 받으며 목도를 휘두르고 있다.

하루 종일 이리저리 돌아다닌 데다, 제대로 쉬지도 못하고 그런 급박한 상황에 놓인 이후에도 수련에 힘쓰고 있는 것이다.

운요의 입가에 미소가 감돌았다.

태경의 머릿속에 어떤 상황이 그려지고 있을지 추측하는 것은 어렵지 않았다.

하늘이 무너질 듯한 굉음을 뿌리며 초량을 밀어붙이던 소하의 모습. 그것은 아마 태경의 마음속에 오랜 동경(憧憬)으로 자리 잡을 것이다.

그들을 지켜본 운요는, 이내 크게 기지개를 켜며 하늘을 올려다보았다.

구름이 없어 그런지 달은 더 청명(淸明)한 빛을 흩뿌리고 있었다.

'좋은 곳이군.'

그리 느꼈다.

＊　　　　＊　　　　＊

"크으으아아악!"

초량은 괴성을 질렀다.

동시에 주변에 있던 집기(什器)들이 우르르 무너지며 깨져 나가고 있었다.

정신을 차린 뒤, 솟구치는 분노에 초량은 계속해서 고함을 지르고 있었다.

"어쩌죠?"

천회맹원 하나가 불안한 표정으로 함자령에게 물었다. 그들은 지금 방 밖에서 초량의 움직임을 주시하고 있던 터였다.

"뭘 어떻게 해. 내버려 둬야지. 아니면, 네가 들어가서 막기라도 할 거냐?"

"아, 아닙니다!"

지금 저곳에 발을 들였다간 두 쪽으로 쪼개져 나갈 가능성이 컸다. 함자령은 입술을 깨물며 그쪽을 바라보았다.

'이걸로 한동안 쌓아왔던 게 다 무용지물이 되었군.'

함자령은 야망이 큰 인물이다. 하지만 자신의 무공이 그 야망을 이루기에는 부적합하다는 사실을 알았고, 그렇기에 강한 자를 찾아 그에게 빌붙으려 했다. 그런 함자령에게 있어 초량은 완벽한 상대였던 것이다.

"다른 놈들은?"

"며, 몇몇은 아직 위치가 확인되지 않습니다."

"벌써 움직였나. 눈치 빠른 놈들이군."

함자령의 입에서 욕설이 뱉어져 나왔다. 갑작스레 천회맹원 중 일부가 사라졌다. 그들이 어디로 갔는지는 안 봐도 뻔히 알 수 있었다.

초량이 갑작스레 나타난 소하에게 패했음을 보고하려는 것이다. 더군다나, 소하가 굉명을 들고 굉천도법을 펼쳤다는 사실까지 덤으로 따라가리라.

그렇게 되면 초량의 입지가 몹시 위험해지는 건 당연한 일이었다.

"어, 어쩌실 겁니까?"

"뭘 어쩌긴 어째."

함자령의 눈이 옆으로 향했다. 초량은 주변의 집기들을 모조리 박살 낸 뒤, 분노에 젖은 목소리를 토해내고 있었다.

"상황을 봐서 빠져야지."

전승자라는 것은, 분명 새로이 발족된 천회맹에 있어서 중요한 패라고 할 수 있다.

하지만 그만큼 무너지기도 쉽다.

천하오절이 이미 사라진 데다 그들의 무공 역시 대부분 끊기거나 사문에서 소중히 보관하고 있는 덕에, 오절의 무공을 익힌 자의 가치가 드높아지는 것은 당연했다.

"굉명의 주인이 나타났으니."

문제는 소하였다.

소하가 펼친 굉천도법이 초량을 뛰어넘었다는 것은 누구라도 알 수 있었다.

더군다나 그는 굉천도의 상징과도 같은 굉명을 손에 넣었던 것이다. 따라서 초량의 입지가 위험해지리라.

함자령 역시, 무작정 그를 따를 마음은 없었다. 이미 좌초(坐礁)된 배에 몸을 싣는다 해도 이득이 없기 때문이다.

"그, 그럼……."

"일단은 상황을 본다. 어차피 나간 놈들이 갈 곳이야 뻔하지."

전승자들과 대립하는 상관휘나 제갈위에게로 향했으리라. 그들 역시 권력을 얻기 위해서 서로를 깎아내리는 데에 아무런 가책을 느끼지 않는 자들이니 말이다.

"살아남는 놈이 제일 강한 놈인 세상이야."

함자령은 쯧 하고 혀를 차며 초량을 바라보았다.

초량은 온몸에서 황망심법의 기운을 이끌어내며 분노에 찬 시선을 허공에 보내고 있었다.

"그… 놈……!"

초량은 이를 악물며 소하를 떠올렸다.

그의 공격을 맞받아치던 것은, 바로 굉천도법이었다. 초량이 모르는 초식이었지만, 칼을 맞대보니 확실하게 알 수 있었던 것이다.

우렁차게 세상을 메우던 그 소리.

자신이 닿지 못한 경지가 그곳에 있었다.

더군다나 자신은 의식까지 잃었다. 초량은 소하가 자신을 죽일 것이라 생각했었다. 이처럼 베어낸 이후 곧바로 그를 풀어줄 줄은 몰랐다.

그것이 더욱 분했다.

"함자령!"

고함에 함자령은 깜짝 놀라며 다급히 앞으로 향했다.

"예, 부르셨습니까. 대협!"

"당장 사람을 풀어 그놈을 쫓아라."

"예? 하, 하지만 지금은."

"어서!"

초량의 고함에 함자령은 난감한 표정을 지었다.

"알겠습니다."

하지만 거절할 수도 없는 노릇이다. 초량의 속내를 정확히는 알 수 없었지만, 그가 패배의 충격에 사로잡혀 있는 것도 사실이었다.

함자령이 물러가자 초량은 으득 이를 악물었다.

손아귀에는 아직도 굉명과 부딪쳤던 충격이 선명하게 남아 있었다.

"크읏……!"

그는 손을 내팽개치며 빠르게 고개를 돌렸다.

"두 번째는 다를 거다."

음산한 목소리가 감돌고 있었다.

*　　　*　　　*

"이야~ 좋은 곳이었어요."

소하의 태평한 목소리에 운요는 고개를 끄덕였다.

아침 일찍부터 형인문을 나설 적에, 소하는 모두의 배웅을 받으며 밖으로 나왔다.

"이야기는 잘 했나 보지?"

"네."

소하의 입가에 미소가 내걸렸다. 비자홍에게 마 노인의 과거 이야기를 제법 들었던 탓이다.

그의 등에는 천에 둘둘 감긴 도가 매어져 있었다.

"칼집은 없었어?"

"네. 아무래도… 너무 날카로운 탓인가 봐요."

이 천도 이전 굉명을 받을 적에 마 노인이 넘겨주었던 물건이라고 했다. 아마도 무언가 상당히 단단한 재질로 짜여진 천인 듯했다.

"그럼 칼집을 만들려면……."

운요의 눈이 흐음 소리를 내며 굉명으로 향했다. 소문으로만 듣던 십사병 중 하나를 직접 볼 줄은 몰랐기 때문이다.

"천하 명장이라도 찾아가야 하나."

"언젠가 연이 닿겠죠."

소하의 목소리에 운요는 실쭉 웃었다.

"문자 쓰기는."

"뭐, 그래도 일이 잘 해결돼서 다행이에요."

"그럴까?"

운요의 목소리에 소하는 고개를 갸웃거렸다.

"네?"

"과연 천회맹이 관심을 거둘까?"

운요는 짐을 진 채로 걸음을 옮기며 중얼거렸다.

"초량은 천회맹에서 유명한 자야. 자기들 건드렸다고 문파 하나를 날려 버리기도 하는 천회맹인데, 그런 초량이 무참하게 당했다는 소식이 퍼지면… 과연 형인문이 무사할 수 있을 까?"

순간 소하의 눈이 흔들렸다.

"하지만……."

"괴명을 노린다는 일차적 명분은 사라졌겠지. 하지만 명분 은 더없이 만들어내기 쉬워. 그냥 시천월교와 내통했다는 말 한 마디로도 충분하겠지."

걸음이 멈춘다.

소하의 몸이 서는 것에 운요는 그를 돌아보았다.

"왜, 다시 돌아가기라도 할 거야?"

이제껏 걸어가면서 운요는 소하의 얼굴을 마주 바라보지 않았었다.

그의 눈은 더없이 차가웠다.

"네가 평생 그곳에 살면서, 덤벼드는 놈들을 일일이 격퇴해 주기라도 하려고?"

소하는 아무 말도 하지 않았다.

"그럴 수 없다는 걸 모두가 알고 있지. 너도, 나도, 그리고 형인문의 사람들도."

"그럼, 왜……."

"떠나는 우리의 마음을 무겁게 할 필요는 없으니까."

운요는 고개를 까닥였다. 아침 해는 선선하게 나무로 가득 찬 길을 비추고 있었다.

잠시 동안 두 사람 사이에 침묵이 흘렀다. 소하는 바닥을 쏘아보며, 마치 거목(巨木)처럼 자리에 박히듯 서 있었다.

"선택은 늘 대가를 불러."

운요는 그리 말했다.

"나도 짧은 인생을 살아왔지만, 그러했지."

스승님이 죽는 것을 눈앞에서 보았다.

칼을 뽑고, 그들에게 덤벼들었어야만 했다. 하지만 그러지 못했다.

스승님이 얼마나 운요를 살리기 위해 필사적이었는지 알기 때문이었다.

"네가 모든 일을 다 할 수는 없어. 분명 의기(義氣)로 벌인 행동이었지. 아마 네가 아니었더라도, 내가 초량이라는 놈한 테 덤벼들었을 거야."

"그것 때문에."

소하는 낮게 중얼거렸다.

"저 사람들이 위험한 거라면……."

"하지만 내가 나설 때쯤이었으면 형인문주는 죽었어."

소하의 눈이 들려 올라갔다.

"확실해. 그리고 아마 내가 초량과 싸울 때 형인문의 두 제 자도 죽었을 거야. 그러면 그 꼬마 하나만이 남아서, 다 불타 고 남은 잿더미 위에 서 있었겠지."

운요는 턱짓으로 뒤를 가리켰다.

"지금 저기에 잿더미가 있어?"

그렇지 않다.

소하가 고개를 젓자, 운요는 조용히 말을 이었다.

"네가 끼어들었기에 저들이 지금 살아 있는 거야."

그의 입가에 살짝 웃음이 번졌다. 소하는 지금, 머릿속에 여러 감정들이 휘돌아 제대로 표현을 할 수 없는 모양이었다.

"앞으로는 저들이 신경 써야 할 일이지."

그렇다.

소하가 형인문을 걱정한다 해서, 그들을 대신해 천회맹을 모조리 쓸어버릴 수는 없다.

하지만 형인문은 소규모 문파다. 고작 세 명의 문원과 병을 얻어 다 죽어가는 비자홍만이 있을 뿐이었다.

"사람을 얕보지 마라."

운요는 몸을 돌렸다.

"다들 어떻게든 살아갈 거야. 네가 신경 쓸 건 네 일이지, 저들이 아니라는 걸 알아두라구."

그걸 말해주고 싶었다.

소하는 지나치게 순수하다. 아마도 또다시 그러한 불의를 접하게 되면, 저도 모르게 손을 쓸 때가 오겠지. 하지만 언젠가 지금처럼 깨끗한 결말이 아닌, 소하 자신마저 휘말려드는 일이 일어날 수 있었다.

그렇게 될 때 소하가 확실하게 자신의 입장을 정하기를 원했던 것이다.

'나라고 해서 잘난 듯 떠들 건 아니지만.'

그래도 알아줬으면 싶었다.

잠시 축 처져 있던 소하는 한숨을 내뱉었다.

"네, 고마워요."

"어쭈, 회복이 빠른데."

운요의 말에 소하는 빙긋 웃었다.

"일어나지 않은 일을 미리 걱정할 필요는 없으니까요."

"현명해."

두 사람이 그리 떠들며 다시 걸음을 옮기려 할 무렵, 풀숲이 흔들렸다.

"저기!"

다급한 목소리.

그곳에는 태경이 있었다.

아무래도 풀숲을 헤치고 길을 질러서 온 듯, 태경의 소매와 발치에는 나뭇가지가 꽂히고 풀잎이 범벅이 되어 있었다.

"잉?"

운요가 고개를 갸웃거렸다. 갑작스레 태경이 올 줄은 몰랐던 것이다. 아까 전, 분명 태경은 지나친 피로로 인해 푹 잠들어 있다고 문광이 말해준 터였다.

"인, 인사를 드리고 싶어서!"

머리도 제대로 정리하지 못해 산발에 가까운 모습이었다.

태경은 얼른 그리 말하며 얼른 고사리 같은 손을 꽉 쥐었다.

주먹을 쥔 한쪽 손을 손바닥으로 말아 쥔다.

운요는 입술을 삐죽 내밀며 소하를 눈짓했다.

태경은 포권(包拳)을 하고 있었다.

"정말, 정말 감사합니다! 대협 분들!"

고개마저 숙이는 모습이다.

소하는 잠시 침묵하고 있었다.

"사부님과 사형이 대협들 덕분에 살았어요."

"애초에 네가 우리에게 처음 달려와 준 덕이지."

운요는 빙긋 웃었다.

"네 덕분이기도 해."

"그, 그리고!"

태경은 다급히 말을 이었다. 길을 떠나는 그들을 오래 붙잡으면 실례라는 생각에서였다.

"이거… 사형이 전해 달라고 하셔서."

태경은 매고 있던 보따리를 넘겨주었다.

오늘 새벽 문광이 주변 농가를 돌며 얻어온 쌀밥. 그것을 주먹만 하게 뭉쳐놓은 것이었다.

"제대로 된 식사는 아니지만……."

"아니."

소하는 그것을 받으며 고개를 저었다.

"잘 먹을게."

태경의 얼굴이 밝아진다. 그 얼굴에는 일말의 수심(愁心)도 없었다.

"감사합니다!"

그것을 전해주기 위해, 태경은 나뭇가지에 긁히는 것도 마다하지 않은 채 이리로 달려왔던 것이다. 급히 뛰어왔는지 어깨가 조금씩 오르락내리락하는 모습도 보였다.

"마침 잘됐네. 노자도 다 떨어져 가던 차였는데."

둘 다 반가워하는 모습이다.

"너도 조심해서 돌아가거라. 다치면 수련하는 데 지장이 있으니, 몸을 잘 간수하는 것도 수련이야."

운요의 말에 태경은 결연히 고개를 끄덕였다.

"네!"

그리고 두 명은 몸을 돌린다.

잠시 동안 망설이던 태경의 눈가에, 이윽고 의지가 깃들었다.

"대협!"

소하가 고개를 돌렸다.

태경의 눈은 소하를 향해 있었다.

"저도… 언젠가, 대협 같은 무림인이 되고 싶어요!"

"나?"

소하가 놀라 자신을 가리키자, 태경은 붕붕 고개를 끄덕였다. 두 눈에는 강렬한 의지가 맺힌 채였다.

다시 포권한다.

보통이었다면 친구들과 뛰어다니며 노는 데에 정신이 팔렸을 법한 나이다.

그러나 이 아이는, 정말로 감사하다는 듯 크게 외쳤다.

"무운(武運)을 빌겠습니다!"

입을 벌리고 서 있던 소하는 운요가 쿡 옆구리를 찌르는 것에 겨우 정신을 차리고 손을 겹쳤다.

태경은 소하가 자신에게 포권을 마주 해주는 것에 가슴이 벅차오르는 것만 같았다.

마치, 같은 무림인으로 인정해 주는 듯한 기분이었다.

"귀여운 아이로군."

태경은 그들이 멀어질 때까지 손을 흔들어주고 있었다. 보따리를 든 소하는 그것을 빤히 바라보며 계속 입을 열지 않았다.

"운요 형."

"응?"

"후회하지 않을게요."

"하하."

소하의 목소리에 운요는 킥킥 웃음을 뱉었다. 그렇다. 그럴 것이다. 적어도 소하가 관여했기에 태경은 지금 저 자리에 서서 웃을 수 있었다.

"그래."

소하는 어느새 주먹밥 하나를 꺼내 베어 물고 있었다.

우물우물 씹는 모습.

서서히 잘 닦인 길들이 보이기 시작했다. 이 산을 넘으면 호북을 넘어 또 다른 곳으로 가는 길이 시작되기 때문이다.

푸르른 하늘, 햇빛이 쏟아지자 나뭇잎들에 부딪쳐 녹광이 비산하고 있었다.

"맛있다."

소하는 그리 중얼거렸다.

第六章
재회

"들었나?"

목소리가 울렸다.

그와 동시에, 자단목(紫檀木)으로 이루어진 탁자에 앉아 있던 이 하나가 미간을 찌푸렸다.

"꿩령도에 관한 일?"

초량의 무명을 말하자 창가에 서 있던 이가 고개를 끄덕였다.

이곳은 천회맹의 지부(支部). 그중에서도 세력이 강하다 일컬어지는 감숙(甘肅) 지부였다. 바로 탁자에 앉아 있는 자 때문이다.

만박자의 전승자, 일원지 곡원삭은 이를 드러내며 노기에 찬 목소리를 뱉었다.

"천하의 얼간이 같은 놈. 어디서 튀어나온 건지도 알 수 없는 놈에게… 굉명을 빼앗기다니."

"추살(追殺)도 힘들어졌어."

마음 같아선 당장에라도 그들을 추격해 잡아 죽이고 굉명을 회수하고 싶었다. 그들에게 있어서 정당성을 세울 수 있는 명분이란 응당 천금의 가치를 지닌 것이기 때문이었다.

굉명과 같은 무구는 전승자들의 명분을 세우는 데에 더없이 좋았다. 그걸 잃은 데다, 수많은 소문이 퍼져 버렸으니 당분간 초량의 입장이 난처해지는 게 당연했다.

"왜지?"

곡원삭의 목소리가 날카로워졌다. 그의 잔학한 심성을 대변하듯, 옆으로 찢어진 두 눈이 번뜩이고 있었다.

"…청성의 말예가 함께하고 있다."

"청성신협인지 뭔지 하는 버러지?"

"제갈위가 손을 잘 써뒀지. 청성의 비검인 비홍청운을 익혔다는군."

"그래 봤자 시천월교한테 맥도 못 추고 멸문당한 집단이거늘."

곡원삭은 마음에 들지 않는다는 듯 입술을 꿈틀댔다.

"형편없는 제갈세가 놈."

"그의 재능은 실제로 출중하지. 시천월교와의 마지막 결전 때도 그가 나섰지 않는가."

"소림의 중놈이 우리를 막았기에 그런 것이지."

곡원삭의 말에 창가에 서 있던 남자는 후우 하고 한숨을 내뱉었다.

"언동을 조심하게. 소림을 경시한다면 자네도 무사하지 못하게 될 수 있으니까."

창가에 서 있는 남자의 이름은 장경(長擎). 천회맹 감숙 지부의 지부장이자, 곡원삭과 함께 천회맹 내부의 세력 한 축을 형성하고 있는 자였다.

"무사는 무슨. 맛난 부위만 쏙 빼먹고 다시 죽은 듯 잠자는 놈들인데."

곡원삭은 투덜대며 탁자에 놓인 찻잔을 손으로 쥐었다.

소림은 시천월교와의 마지막 싸움 이후 다시 문을 걸어 잠 갔다. 누구와의 대화에도 응하지 않았으며, 그 내부자들 또한 밖으로 나서지 않았기에 소림이 위치한 숭산(崇山)은 완전히 봉해져 버렸다 할 수 있었다.

그렇기에 더더욱 천회맹이 활개를 칠 수 있었던 것이다. 소림을 제외한다면, 그들을 제어할 수 있는 고삐를 쥔 자가 전무했기 때문이다.

"뭐, 분위기는 우리에게 기울었지."

장경은 그리 말하며 창을 닫았다. 그러자 곧 방이 어둑어둑해졌고, 그와 동시에 환한 빛이 눈앞을 적셨다.

곡원삭의 손에서 일어난 내공의 불길 때문이다.

선양지.

만박자가 새로이 만들어낸 무공이자, 그의 이름이 전 무림에 알려지게 된 원인 중 하나이기도 했다.

"묵궤에 대해서는 안타깝게 됐어."

"그 덕에 그래도 좋은 건 알았지."

"서장무림 말인가?"

장경의 물음에 곡원삭은 고개를 끄덕였다.

"머저리들이 놓치기는 했지만, 싸움이 벌어진 곳을 보아하니 제법 상당해 보이는 놈이었지. 상관휘가 쩔쩔맬 법도 해. 아니, 사실 그게 만족스러웠어."

씩 웃어 보이는 곡원삭의 모습. 마치 뱀과 같은 그의 얼굴이 불길 앞에서 요사하게 흔들렸다.

"어땠는가?"

장경의 물음에 곡원삭의 눈이 차갑게 식었다.

"이전의 절정 고수급이지. 전승자들이라 해도… 나나 그 무당(武當)의 계집 정도나 상대할 수 있을 거다. 상관휘도 그렇겠지."

곡원삭은 신중한 남자다.

그가 만박자의 전승자로 여겨질 수 있었던 이유는, 그 심성이 아니라 지금처럼 냉정하게 사태를 분석할 수 있는 판단력 때문이었다. 상관휘를 미워하긴 하지만, 그는 그의 무력마저 경시하진 않았다.

"그럼 어째서 졌다고 생각하지?"

"그놈 성격을 몰라서 묻는 건가? 뻔해. 살려서 더 많은 정보를 얻어내고, 그걸 기반으로 자기 세력을 늘려보겠다 발버둥 쳤겠지."

상관휘의 그러한 성격이 실책을 부른 것이다.

"게다가 거기에도 그놈들이 관계되어 있다?"

청성신협이라 불리는 운요, 그리고 현재 굉명을 가지고 있다는 의문의 인물. 이름조차 제대로 알지 못하는 자가 활약하는 것에 곡원삭은 상당히 불쾌한 상황이었다.

"들기로는 그자가… 진정한 굉천도법을 이어받았다는 이야기도 돌더군."

"굉천도법 십이식을 가진 건 연서림 뿐이야. 그전에 굉천도가 제자를 둔 적은 없었고."

곡원삭은 고개를 저었다.

"초량이 착각을 해댔거나, 그 녀석이 다른 무공을 갖고 허풍을 떨었던 거겠지. 초량 같은 돌대가리라면 능히 있을 법한 일이야."

그는 그리 판단했다. 초량이 아무리 강한 힘을 갖고 있다고는 해도, 무림의 싸움에 있어 절대라는 이름을 가진 자는 얼마 없다.

"형인월도와 싸웠으니, 그 여파를 이기지 못한 거겠지."

비자홍과의 싸움에 이어서 맞붙었기에 패배했다고 판단한 것이다. 장경 역시 그에 찬성하는 바였다.

"그럼 어찌할까?"

"일단 내버려 둬. 꼴을 보아하니 알아서 굉천도의 전승자가 되겠다고 자랑질을 해대겠지. 그때 봐서 쓸 만하면 살리고 아니면 죽인다."

잔인한 말이다.

하지만 더없이 실용적이기도 하다.

"그럼 지금은……."

"서장무림에 집중해야겠지. 또한… 그 백면이란 자들도."

"신비공자(神秘公子)의 말을 들어볼 때로군."

곡원삭은 고개를 젖혔다.

"갑작스레 신인(新人)들이 대거 출현해 대니, 이거 참 짜증 나는군."

주변을 밝히던 불이 꺼진다.

피웅!

그와 동시에 찻잔에 작은 구멍이 뚫렸고, 곧 찻잔은 가루가 되어 와르르 부서져 내렸다.

"새로운 시대라."

*   *   *

"햇볕이 미워. 햇볕이."

운요는 입을 쩍 벌리며 그리 중얼거렸다.

기분 좋게 나들이를 나가듯 걷는 것도 하루 이틀이다. 주변의 마을에서 묵어가면서 나름 즐겁게 무림을 여행한다 싶었지만, 서서히 닦이지 않은 길이 나오기 시작하면서 두 명은 축 늘어지다시피 기운을 잃고 있었다.

"물도 슬슬 다 떨어져 가네요."

소하가 기운 없는 목소리로 그리 말했다. 둘 다 내공이 있는 몸이기에 일반인보다는 오래 공복에 버틸 수 있지만, 갈증은 다른 문제다.

"어제 개천에서 좀 많이 마셔둘걸."

"올챙이가 반이어서 다 뱉었잖아요."

소하의 말에 운요는 흑흑 소리를 냈다.

"그걸 어떻게 먹냐."

두 명 다 서글픈 시선으로 햇볕이 달구고 있는 길을 바라보았다. 아지랑이까지 퍼지며 주변이 이지러져 보일 정도였다.

"돼지고기 먹고 싶다."

"전 닭고기요."

"돈은?"

"아슬아슬하게."

운요는 하아 하고 길게 한숨을 내뱉었다.

"산짐승이라도 없나? 보통 이런 데는 멧돼지라도 있지 않나?"

"더워서 안 나오지 않을까요……?"

그도 그렇다. 무한을 지나서 조금 선선해지나 했더니만 곧 이글거리는 햇볕이 그들의 머리 위로 뜨겁게 내리쬐었던 것이다.

"그도 그러네."

혀를 쭉 내민 운요는 이내 지쳤다는 듯 머리를 긁었다. 땀 때문에 긴 머리는 이미 올려 묶은 뒤였다.

"하이고야."

결국, 얼마 가던 운요는 고개를 절레절레 저으며 그늘로 피신할 수밖에 없었다. 소하 역시 땀범벅이 된 채로 흐느적거리던 터였다.

두 사람은 굵은 아름드리나무 아래에 앉으며 갖고 있던 천으로 얼굴을 닦았다. 계속 이런 날씨가 지속된 데다 제대로 씻지도 못했기에 땀 냄새가 역하게 달라붙어 있었다.

"일단 좀 하오문 호북 지부로 가야겠지?"

"네, 거기서 다시 정보를 받아야 해요."

소하가 바라는 것은 천하오절의 정보다. 운요는 소하의 등에 매어진 꾕명을 바라보다 이내 눈을 돌렸다.

"그럼… 이제 무당파로 가겠네."

"무당파요?"

소하의 물음에 운요는 고개를 끄덕여보였다.

"천하오절 중 백로검이 그곳 출신이시잖아."

현 노인의 모습이 눈앞에 떠올랐다.

"그랬어요?"

"허, 참."

운요는 고개를 갸웃거렸다.

"수련을 받았다고 하지 않았어?"

운요는 처음 소하에게 그 이야기를 들었을 때, 전신의 털이 다 곤두서는 듯한 느낌이었다.

천하오절의 네 명에게 수업을 받은 자가 존재하다니!

그야말로 전 무림인이 꿈꾸는 기적일 것이다. 아마 차대 천하제일인은 그가 될 것이라 주창하는 이도 생기겠지.

그러나 막상 그 기적의 소년은 멍한 표정으로 운요를 바라보고만 있었다.

"현 할아버지는 자기 이야기를 잘 해주지 않으셔서……."

그랬다. 현 노인은 잠깐씩 자신의 옛 이야기를 꺼내곤 했지만, 문파에 대한 자세한 내용은 꺼내지 않았다.

"본인이 이야기하기엔 너무도 오랜 시간이 지났지."

그렇기에 그냥 그러려니 하고 넘어갔을 뿐이다.

"뭐… 하긴, 백로검이란 분은 워낙 소탈한 분이셨으니."

무당파라면 천하의 구파일방 중 하나로 유명한 위세를 자랑하는 문파다. 소하 역시 이전 척 노인을 통해 어느 정도는 지식을 습득한 터였다.

'잘됐어.'

마침 호북에 온 터였다. 그런데 그곳에 딱 현 노인이 있었다는 무당파가 있다니!

"그럼 당장에라도 거기로……!"

"안 될걸?"

운요의 말에 기세 좋게 외쳤던 소하의 표정이 우스꽝스럽게 일그러졌다.

"무당도 예전에 봉문했어. 들어가지도 못할 거야. 억지로 들어갔다간… 무당칠객(武當七客)이 나설 테고."

"무당칠객?"

"고강한 일곱의 검수를 뽑아놓았다는 이야기지. 다들 있어. 그럴듯하잖아?"

운요의 말에 소하는 맥빠진 표정을 지었다.

"그럼 들어가지는 못한단 거죠?"

"그렇겠지… 뭐, 무당파에서 봉문을 풀기라도 한다면 모르겠지만. 일단은 하오문으로 가보자고."

그게 옳은 일이다. 실망스러웠지만 소하는 고개를 끄덕일 수밖에 없었다.

"그럼 이제 슬슬 일어날까?"

다시 발걸음을 재촉해야 할 때다. 마을도 보이지 않았는데 해가 져 버리면, 어쩔 수 없이 노숙을 해야 할 수도 있기 때문이다.

해가 가장 쨍쨍할 때를 넘기기도 했으니, 슬슬 마을이 나올 것이라 서로에게 위로를 건네며 두 사람은 걸음을 옮겼다.

그리고.

"아이고."

멀리서 소리가 들린다.

대감도(大坎刀) 하나를 어깨에 걸친 채 살기등등하게 서 있는 거한 한 명. 그리고 그 옆에서 실쭉대며 고개를 기웃거리고 있는 남자 둘이 있다.

"딱 봐도 산적이네."

운요는 머리를 긁으며 중얼거렸다. 단순히 그들이 길을 막고 서 있다면 문제는 없다.

다만, 지금 저 산적들이 선객(先客)을 맞아 영업에 힘쓰고 있다는 게 걸리는 일이었다.

방립을 쓴 두 명은 조용히 선 채로 산적들을 바라보고 있었다.

"길을 건너려면 마땅히 주인의 허락을 받아야지!"

허공에 횡횡 대감도를 휘두른 거한은 이내 묵직한 팔을 들어 그중 한 명의 목에 들이댔다.

"아니면, 피로 내실 텐가?"

"저런 대사는 누가 만들어서 풀기라도 하는 건가? 왜 무림 산천초목(山川草木)에만 가면 저런 놈들이 저런 대사를 해대는 거지."

운요는 투덜거리며 앞으로 향하려 했다. 이왕 본 김에 산적들을 격퇴해 주려는 것이다.

그러나 그 손을 소하가 막았다.

"잠시만요."

운요가 눈을 동그랗게 떴지만, 소하는 앞을 주시하고 있었다.

"잠시만 기다리죠."

그렇게 말할 뿐이었다.

*　　　*　　　*

호북의 한 산길을 점령한 자들, 자칭하여 지영단(地永團)은 주변의 오합지졸들이 모여 만든 산적패였다.

시천월교의 지배 이후 굶주림에 견디다 못한 자들이 월교가 몰락하자 그 틈을 타 패거리를 지어 이곳을 지나는 상인들을 습격하고 있던 것이다.

하지만 너무나 더운 날이라 사람이 없다. 그렇기에 그들은 지금 이곳을 지나고 있는 젊은 서생(書生)같이 생긴 둘을 절대 놓치지 않으리라 다짐했다.

입고 있는 옷도 값비싸 보이는 비단이다. 더군다나 혁대나 신발을 보아하니, 무림에서 오래 생활한 것 같지도 않았다.

"아니면 피로 내실 텐가?"

자랑스레 말을 늘어놓은 거한은 서생 둘이 지을 표정을 기대하며 눈을 들어 올렸다. 지금까지 그의 흉악한 인상과 무기를 본 자들은 늘 오줌이라도 지릴 것처럼 두려운 표정을 짓곤 했다.

옆쪽에 있는 키가 큰 남자가 조심스레 앞으로 나섰다.

"얼마를 드리면 되겠소?"

"그야 가지고 있는 돈 전부다!"

거한의 목소리에 그는 난감하다는 듯 고개를 옆으로 기울였다.

"저… 대협, 사실 우리가 좀 긴 여정을 해야 해서 말이오. 이 정도 챙겨드리면 서로 만족스럽지 않겠소?"

그가 전낭에서 꺼내 보인 은자의 모습에, 옆쪽에 있던 이들 두 명의 눈이 번득였다. 그냥 은자가 아니라, 모양을 지어 본을 굳혀놓은 모습이다.

'돈주머니가 왔다!'

지영단의 세 명은 동시에 같은 생각을 할 수밖에 없었다.

"어르신의 말씀이 들리지 않느냐!"

휘이이잉!

위협하듯 대감도를 돌린 거한은 이윽고 남자를 노려보며

우렁찬 고함을 쏟아냈다.

"어서 전낭에 있는 걸 전부 내놓고 꺼져라!"

"허, 이것 참……."

그는 골치가 아프다는 듯 뺨을 긁적일 뿐이었다.

그 순간, 옆쪽에 있던 키가 작은 남자가 고개를 들어 올렸다.

"뭘 기다리십니까, 사형."

얇고 맑은 목소리. 그것에 거한은 그에게로 눈을 돌렸다.

"자, 잠깐만! 사제!"

키가 큰 이가 나서서 그의 팔을 붙잡았다. 그는 거침없이 자신의 칼자루로 손을 옮기고 있었던 것이다.

"이것 봐라? 칼 있다고 지금 이 어르신에게 휘두르시겠다 이거냐?"

거한은 코웃음을 쳤다. 자신이 손으로 잡아 분지를 수 있을 정도로 얇은 팔을 가진 자가, 감히 덤비겠다고 나서다니!

"더 괘씸해지는군! 입은 옷까지 몽땅 벗겨주마!"

"일을 왜 키우는 거야."

사형이라 불린 남자는 머리를 벅벅 긁을 뿐이었다. 난처하다는 표정을 짓는 그의 옆에서 사제라 불린 자는 냉막하게 중얼거렸다.

"이들이 여기서 저희를 막은 게, 우연일까요?"

"설마……."

전혀 위협을 느끼지 않은 채 두 명이 서로 이야기를 지속하고 있자, 거한은 이내 벌컥 성을 냈다.

"이놈들이 어디서 이 어르신을 능멸하려……!"

쏴아아악!

섬광이 일었다.

사제라 불린 자가 단숨에 발검(拔劍)한 것이다.

칼집에서 뽑혀져 나간 칼날이 은광(銀光)을 비산했다.

순간 거한의 눈이 아연해졌다. 자신의 팔뚝이 손목 아래로 싹둑 잘려 나갔던 것이다.

"끄아아아악!"

새된 비명이 울려 퍼진다.

"냄새나는 입이로군."

사형이라 한 자는 땅이 꺼지도록 한숨을 내쉬었지만, 이내 앞으로 나서며 안색이 새파랗게 변한 두 명을 쳐다보았다.

"이보게들. 이제 상황은 대충 알았겠지."

"죄, 죄송합니다!"

"저희가 그만 높은 분들을 몰라 뵙고……!"

찢어지는 비명을 지르며 엎어지는 거한을 무시한 채, 남자 두 명은 재빨리 땅에 무릎을 꿇었다. 이렇게 된 이상 철저하게 목숨을 구걸하는 게 옳기 때문이다.

"알았으면 됐네. 이걸로 저 친구 붕대라도 사고……."

그는 전낭에서 은자를 꺼내 던져주었다. 옆에서 사제라는 자가 눈을 흘기는 모습이 보였지만, 그게 최소한의 도리라는 생각에서였다.

핏물을 흩뿌리며 기한이 다른 자들에게 붙잡혀 사라져 가자, 키가 큰 남자는 한숨을 내뱉었다.

"함부로 검을 쓰면 안 된다고 사부님께서……!"

"목숨을 위협하는 자에게서 호신(護身)함은 당연한 일이 아닙니까?"

그의 반문에 말이 막혀버린 사형은, 이내 고개를 절레절레 저었다.

"손속이 잔인했다. 너보다 한참은 아래인 자들이지 않느냐."

"더 약한 자들을 괴롭힐 자들이기도 하지요. 미리 싹을 꺾어놓는 게 옳습니다."

끙 소리를 낸 사형의 몸이 휙 돌았다.

"그럼 저들은 어찌할 테냐?"

사제의 눈이 날카로워졌다. 어느새 두 명은 터덜터덜 내리막을 내려와 그들에게로 접근하고 있었기 때문이다.

앞서 걷는 남자 운요는 무어라 말이 나오기 전 냉큼 입을 열었다.

"그냥 과객(過客)이니 신경 쓰지 마시오들."

그러면서 손을 팔랑팔랑 저을 뿐이다.

"잠깐."

사제의 팔이 올라갔다. 그의 손에는 칼집에 넣어진 검이 붙잡혀 있었다.

"우리를 지켜봤지?"

"그럼 산적을 썽둥썽둥 썰고 있는데 그걸 안 보고 배기겠소."

운요의 능청맞은 목소리에 사형이란 자는 꺼림칙하단 표정을 지었다.

그들의 눈에는 운요가 가진 힘이 언뜻언뜻 드러나 보였기 때문이다.

'고수다.'

아까 그 산적들과는 비할 수 없는 힘이 느껴지고 있었다.

그리고 뒤를 따르는 소년. 운요보다 키도 작고 몸도 말랐지만 그 역시 등에는 거대한 도 하나를 짊어지고 있었다.

무림인이라는 뜻이다.

사제의 눈이 더욱 차갑게 굳어지고 있었다.

"출수(出手)하면 땅에 흘릴 게 많아질 거요."

운요의 목소리는 묵직한 무게를 안고 있었다. 하지만 그 도발에 사제는 눈살을 거하게 찌푸릴 뿐이었다.

"어디서 협박을!"

뒤쪽에 있는 소하가 그만하라는 듯 운요를 붙잡았지만 운요는 빤히 사제를 바라보며 입을 열었다.

"그쪽이 하고 있는 게 협박이오. 지나가는 이의 길을 막고, 살기등등하게 당장에라도 베어버리겠다는 투로 말을 꺼내고 있으니."

맞는 말이다.

사제의 어깨가 움찔 흔들렸다. 당장에라도 출수할 수 있도록 근육을 긴장시키는 것이다.

그것에 운요 역시 허리춤으로 손을 가져갔다.

"청아(淸芽)야!"

견디다 못한 사형의 외침이 터져 나왔다. 그러자 청아라 불린 남자는 반걸음을 뒤로 물러섰다.

"무례를 사과드리겠소. 지금… 좀 예민한 일이 있어서 말이오."

"그럼 지나가도 되겠는지?"

두 명이 물러서자, 운요는 어깨를 으쓱이며 지나쳤다.

"도가검(道家劍)에 살기가 넘치면 제 위력이 안 날 게요."

운요의 말에 청아의 눈이 일그러졌다.

"어찌!"

"나도 비슷하니까."

운요는 씩 미소를 지은 뒤 걸음을 옮겼다. 그 뒤에서 소하가 꾸벅 고개를 숙이며 지나갔고, 두 명을 보내고 나자 청아를 바라보던 사형은 한숨을 내뱉었다.

"그 사조께서 네가 문제를 일으키지 말게 하라고 나를 딸려 보낸 걸 잊지는 않았겠지?"

"…죄송합니다."

청아는 즉시 허리에 다시 칼을 매며 중얼거렸다.

멀어지는 두 명의 모습. 사형이란 자는 허어 하고 경탄성을 토했다.

"역시 무림은 넓구나. 저 나이에 심후한 공력을 가지고 있다니… 필시 명문의 무인일 것이다."

"저자도 참석하려는 걸까요?"

"그럴지도 모르지. 뒤쪽의 소년도 움직임이 잘 되어 있더구나."

"시동(侍童) 아니겠습니까."

청아의 말에 사형은 헛웃음을 지었다.

"너는 이전부터 그게 문제다. 네 눈으로 타인을 재단해 버리면 중요한 걸 못 보게 될 거다."

"그 말씀은 익히 들어 알고 있습니다."

사형이란 자는 뺨을 긁적이다, 이윽고 바닥에 길게 이어진 핏물을 주시했다.

"아까 저자의 말을 잘 기억해 두어라. 본디 연(緣)이란 어디서 와서 어디로 갈지 하늘만이 아는 것이니까."

"예."

하지만 대답과는 다르게, 청아는 차가운 눈길로 운요와 소하를 주시하고 있었다.

사형이 없었으면 정말로 칼부림이 일었을지도 모른다.

"우리도 가자. 더 더워지는구나."

그 말에 결국 두 명도 걸음을 옮겨 앞으로 향하기 시작했다.

*　　　*　　　*

"히야. 더워 죽겠다."

운요의 중얼거림에 소하는 조용히 중얼거렸다.

"그런데 왜 갑자기 그런 말을 한 거예요?"

운요가 소하에게 가장 먼저 말한 것이, 바로 섣불리 사람의 눈에 띄는 짓을 하지 말자는 것이었다. 당연하다. 이미 천회맹의 인원들은 소하를 주시하고 있을 게 뻔하니, 미리 정체를 밝혀 행동을 방해받고 싶지 않았기 때문이다.

"음… 내 잘못이긴 한데, 안 그랬으면 저기에 계속 붙잡혀 있었을걸?"

"그래요?"

운요는 고개를 끄덕였다.

"뭐 비싼 무복을 걸친 꼴을 보아하니 무림에 별로 안 나와 본 자들 같고, 쓰는 검법도 뭔지는 모르겠지만 도가기공(道家氣功)에 기초해 보여서 좀 동질감이 일었지."

청성파는 도가에 기초를 둔 문파다. 그렇기에 그 검법은 살인을 추구한다기보다는, 검을 통해 도의 극(極)을 얻기를 원한다. 소하는 이전 보았던 비홍청운의 장쾌(壯快)한 궤적을 떠올리며 고개를 끄덕였다.

"저 사람은 그런 것치고는 사람한테 잘 휘두르던데요."

"그러게 말이다. 사람 죽이는 데 익숙해지는 게 당연한 요즘 세상이긴 한데… 저대로 가다간 맛 들릴 걸."

괜한 참견이긴 하다만, 하고 덧붙인 운요는 이내 고개를 옆으로 기울였다.

"아이고, 더 더워진다. 죽겠어."

"흘릴 게 많아진단 건 또 뭐였어요?"

소하는 실쭉 웃음 지었다. 운요가 괜스레 무게를 잡는답시고 했던 말들을 기억하고 있었던 것이다.

"더워지니까 땀 흘린다고."

그 말에 픽 웃는 소하의 모습에 운요 역시 씩 미소를 지으며 고개를 들어 올렸다.

"오, 보인다."

그 말과 동시에 운요는 거침없이 뛰기 시작했다.

"마을이다!"

"물이다!"

"고기다!"

동시에 그리 말을 주고받으며, 두 명은 멀리 보이는 마을로 달음박질을 치고 있었다.

*　　　　*　　　　*

가도(街道)는 사람으로 가득 차 있었다.

서로 무리를 지은 채 걷는 자들과 그런 이들에게 물건을 팔기 위해 이리저리 노점들이 빈틈없게 자리를 잡았고, 때로는 어린아이들이 가판을 목에 매달고는 이리저리 뛰며 그들의 시선을 얻기 위해 열심이기도 했다.

"다들 여기 모여 있던 건가."

운요와 소하는 북적거리는 인파를 보고는 혀를 내두를 수밖에 없었다. 원래라면 적당한 곳에 숙소를 잡고 주변을 둘러볼 계획이었지만, 어지간한 객잔이나 여관은 이미 방이 모두 들어차 발조차 디딜 수 없었다.

"구석진 데라도 가볼까요?"

"그러자. 길거리에서 자다간 칼침 맞기 십상이겠어."

운요는 입술을 쭉 내밀며 그리 툴툴거렸다. 지금 이 마을을 가득 채우고 있는 인파의 대부분은 무기를 소지한 무인들이었던 것이다.

"날이 바짝 서 있네요."

"원래 그런 족속들이 많지. 다들 명예에 죽고 못 배기거든."

무림인들은 명성에 많은 신경을 쓴다. 실제로 그들이 어떤 일을 했냐가 아니라, 어떻게 다른 이들에게 인식되느냐에 따라 대접이 달라지기 때문이다.

"실제로 너나 나는 좀 위험할 수도 있으니, 잘 사리자구."

소하도 동감이었다. 천회맹과 관련해서 그런 일을 벌였으니, 소하나 운요에게 무작정 도전하거나 하는 자가 있어도 곤란한 일이었다.

마을의 대로변에 있는 객잔은 이미 만석이었으므로, 운요와 소하는 가장 끄트머리에 있는 허름한 곳을 골랐다. 등만 뉘일 수 있다면 어디든 환영이었다.

실제로도 몇몇 싸움이 벌어지기도 했다. 소하와 운요가 지날 무렵, 서로 어깨가 부딪쳤다는 이유 하나만으로 칼을 꺼낸 무인들이 서로 칼부림을 펼쳐 대로에 피가 흥건하게 흘러 있는 모습도 보였다.

"흠… 호북에 있는 문파들도 몇몇 보이는군."

운요는 길을 지나며 무인들의 소매나 허리춤을 주시했다. 그게 무슨 이유인지 모르는 소하로서는 고개만 갸웃거릴 수밖에 없었다.

"나도 영화루에서 마냥 논 것만은 아니지. 시천월교가 없어진 이후에 큰 문파들은 얼추 안다구."

기녀들에게 아는 척을 하기 위해서긴 했지만, 이라며 킬킬대는 운요의 말에 한숨을 내뱉은 소하는, 몇몇 무인의 소매나 허리춤에 독특한 표식이 수놓아져 있는 것을 보았다.

"저건 호북의 철호문(澈湖門). 봉법(棒法)으로 유명한 곳이라고 하지. 그 뒤로는 양명방(揚名房). 소문으로는 쌍수검(雙手劍)을 쓰는 자가 있다더군."

정보를 모르기에 소하는 그저 아하 소리를 내며 운요의 말을 듣는 수밖에 없었다.

"어지간한 문파들은 다 저렇게 표식이 있나요?"

"뭐… 사실 좀 자신이 있어야 매기는 거지. 저런 건 전부 자기가 문파를 대표하고 있다는 자신감이 있는 자들이 가지는 거라 말이다. 나는 없잖아?"

어깨를 으쓱인 운요는 이윽고 천천히 걸음을 옮겨 안쪽의 골목으로 들어섰다.

밝고 활기찬 대로와는 다르게, 고요한 분위기가 흐르고 있었다.

"어서 오십쇼!"

발이 다 헐어 있는 객잔의 입구에 들어서자, 점소이가 터덜터덜 걸어 나와 그들을 맞아주고 있었다.

"오리 구이라도 하나 먹고 싶지만, 돈이 없지."

운요는 그에게 짐을 맡긴 뒤 밖으로 나섰다. 일단은 마을을 좀 돌아볼 생각이었던 것이다.

"하오문 호북 지부가 여기 있기도 하니, 하루 이틀은 느긋하게 있자."

"네."

그리고 나서려는 중, 소하는 멈칫할 수밖에 없었다.

마침 안으로 들어오던 청아와 마주쳤던 것이다.

"네놈."

목소리에는 싸늘한 기운이 스며들어 있었다.

"우리를 미행한 거냐?"

"아니… 우리가 먼저 왔는데."

"……."

맞는 말이다.

잠시 싸늘하게 소하를 노려보던 청아는 이윽고 뒤쪽에서 사형이 보채는 것에 시선을 거두며 안으로 들어섰다.

"방을 하나 주게."

"예, 이리로 오시지요!"

청아가 거만한 표정으로 소하를 쏘아보다 사라지는 것에, 뒤쪽에 서 있던 사형은 한숨을 내쉬며 고개를 숙였다.

"사제가 자꾸 무례를 끼치는군요. 죄송합니다."

"아닙니다. 뭐… 저도 날카롭게 대응했었으니."

뒤따라온 운요는 씩 웃으며 그리 말했다.

"무림에는 처음이신가봅니다?"

"부끄럽지만 그렇습니다. 그러다 보니 경계할 것도 많고, 과하게 행동하는 일도 많군요."

다행히 그의 사형은 꽤나 유한 성격이었기에, 생각보다 부드럽게 말을 나눌 수 있었다.

"가운악(嘉澐堊)이라고 합니다."

"운요입니다."

서로의 이름을 간단히 주고받은 뒤, 가운악은 청아의 행동에 대해 다시금 사과한 후에야 걸음을 옮겼다. 아무래도 사제 때문에 마음고생이 심한 모양이었다.

소하는 운요가 빤히 가운악의 뒷모습을 바라보는 것에 고개를 갸웃거렸다.

"왜 그래요?"

"뭔가 감추고 있겠지?"

그것에 대해서는 소하도 동감이었다. 가운악과 청아는 소하가 느끼기에도 꽤나 강한 내공의 기운을 몸에 응축하고 있는 자들이었다. 그런 이들이 첫 무림행을 나섰다고 하니 운요는 절로 흥미가 동했던 것이다.

"우리가 상관할 바는 아니겠지만."

소하도 동감이었다.

"밥부터 먹죠."

"그래. 배고파서 죽을 것 같다."

일단은 밖으로 나서는 게 가장 중요했다. 하오문에 들러야 하기도 했고, 앞으로의 일정을 조율하기 위해서다.

소하와 운요가 객잔을 나서자, 이층의 계단에서 사라져 가는 그들의 뒷모습을 바라보던 청아는 가운악의 목소리에 고개를 돌렸다.

"청아야."

"예, 사형."

가운악은 떨떠름한 표정으로 청아를 내려다보고 있었다.

"어깨에 힘을 빼지 않으면, 자꾸 귀찮은 일들에 말려들게 될 거다."

"저들은 우리가 초출(初出)이라는 것을 알게 되었습니다."

청아의 날 선 목소리에 그는 한숨을 푹 내뱉었다.

"그게 무슨 상관이라는 말이냐. 이곳에 몰려든 사람만 해도 천을 호가한다. 신흥문파는 열 사람 손가락을 다 합친다고 해도 부족할 정도로 많고."

"한눈에 저희 검공을 알아본 자입니다."

"으……."

가운악은 이마를 툭툭 두들겼다.

"설사 우리의 정체를 알게 된다 해도, 그게 무슨 의미가 있겠느냐."

"……."

청아는 여전히 고집스런 표정으로 입을 다문 채였다. 평소의 사제가 이럴 때면 말이 통하지 않는다는 것을 알기에, 가운악은 고개를 저으며 몸을 돌렸다.

"오히려 호기(好期)라고 생각해라. 이 기회에 무림의 인물들과 인연을 가져서 나쁠 것이 없잖느냐. 게다가 지금 이곳은… 사실상 신진 고수들의 회동과도 같을 테니."

"그것이 싫습니다."

청아는 미간을 찡그렸다.

"욕망에 찬 역겨운 작자들을 어찌 가까이 할 수 있겠습니까. 그건 아마… 태사조(泰師祖)께서도 원하지 않으실 겁니다."

그 이름이 나오자 가운악의 얼굴이 더욱 굳어질 수밖에 없었다.

"그것도 다 무림의 일이다. 네가 나갈 수 있었던 건 경험을 쌓게 하라는 문파의 지시였고… 네 행동 하나하나가 본 문의 이름과 직결됨을 잊지 말아라."

납득되지 않는다는 표정이었지만, 청아는 문파라는 이름이 나오자 곧 입을 꾹 다물었다.

"알겠습니다, 사형."

"그래. 나중에 또 보게 된다면 그들에게 인사라도 하거라. 무작정 얼굴만 찌푸리고 있으면 어느 누가 가까이 오겠느냐?"

청아는 침묵으로 일관하고 있을 뿐이었다. 픽 웃은 가운악은 이내 몸을 돌리며 방 안으로 들어섰다.

"나는 조금 쉬마. 너는 어쩌겠느냐?"

"주변을 돌아보고 오겠습니다."

"그럼…….."

"절대로 문제를 일으키지 않겠습니다, 본 문을 위해서."

"옳지."

가운악은 씩 웃은 뒤 안으로 들어섰다. 전낭 하나를 던져주는 건 덤이었다.

청아는 받아든 전낭을 품속에 감추며 후우 하고 한숨을 내뱉었다. 허리춤에 맨 칼을 슬쩍 만져도 보았지만, 여전히 경계심은 가라앉지 않았다.

"그런 자들을."

그의 목소리는 잔뜩 가라앉아 있었다.

"인정하라는 건가."

＊　　　　＊　　　　＊

"숙수 노릇을 오래 해왔지만, 손님들처럼 잘 먹는 사람을 보면 늘 즐겁소."

식당의 숙수가 그런 말을 할 정도로, 소하와 운요는 거침없이 접시에 젓가락을 옮기고 있었다.

지금 그들이 있는 객잔은 사람이 가득 차, 점소이가 아니라 숙수까지 밖으로 나서 접시를 가져다줘야 할 정도로 성황이었다. 워낙 마을에 사람이 많이 몰린 탓이다.

돼지고기를 입이 미어져라 집어넣던 운요는, 이윽고 그에게 고개를 돌리며 말했다.

"원래 이렇게 사람이 많소?"

"어이구, 말도 안 되는 일이오. 그랬으면 난 이미 삐삐 말라 버렸을걸."

그는 자신의 출렁이는 뱃살을 탁 치며 그리 중얼거렸다.

"갑작스레 강호인들이 이리 모여주니 좋긴 하지만, 이게 또 무슨 화를 부를지 모르는 일이오."

"갑작스러운 건가."

운요는 소면을 후루룩 입으로 밀어 넣으며 주변을 둘러보았다. 확실히, 대부분이 무인들이다.

"대협들도 그 '발표'를 들으러 온 게 아니오?"

"발표?"

볼을 가득 부풀린 채 입을 우물거리는 소하와 운요의 모습에, 숙수는 허 하고 혀를 내둘렀다.

"이분들 영 소식이 느리시구먼. 호북에서 지금 큰일이 벌어진다고 중원 무인들이 우르르 몰려들고 있는 걸 모르신단 말이오?"

모르는 일이다. 소하와 운요가 고개를 갸웃거리고만 있자, 숙수는 점소이가 가져온 접시를 옆쪽의 탁자에 놓으며 고개를 불쑥 들이밀었다. 아마도 설명을 하게 되어 제법 신이 난 모양이었다.

"호북제일세가라면 어디를 말하겠소?"

운요의 인상이 잠시 구겨졌다 펴졌다.

"그거야 백영세가지."

그 말에 소하의 고개가 퍼뜩 위로 치솟았다. 입에는 아직다 삼키지 못한 소면이 흘러나와 있는 터였다.

'백영세가?'

알고 있다.

"이번에 그 백영세가에서 다시 무림으로 나선다고 하는데,

그전에 중대한 이야기를 한다고 하오."

숙수는 자기가 마치 백영세가주가 된 양, 묵직한 목소리로 중얼거렸다.

"아마도 새롭게 자리를 이어받는 세가주가 무공을 선보이는 게 아닐는지……."

"그래서 이리 많이들 모였단 말이오?"

운요는 백영세가가 아무리 시천월교의 지배 당시에도 명성을 떨쳤듯 큰 곳이라고는 해도, 이리 무인들이 많이 몰려들 이유는 되지 않는다는 생각이 들었다.

"어허, 연백룡(鍊白龍)이라 불리는 백류영 대협이 얼마나 대단하신 분인지 모르시오? 그분이 익힌 광량제검(光亮帝劍)을 견식하기 위해 거금을 내는 문파도 있단 말이오."

"그야 대단하단 이야기는 들었지만……."

사실 명문 중의 명문인 청성의 제자였던 운요에게는 그다지와 닿지 않는 이야기였다. 숙수는 답답하다는 듯 가슴을 텅텅 쳤고, 이내 점소이가 주는 쟁반도 받지 않은 채 말을 이었다.

"아마 지금 오는 군웅(群雄) 분들은 모두들 백영세가와 관계를 맺고 싶어 하는 게 아니겠소. 아마 천회맹도 긴장해야 할 게요. 신비공자(神秘公子)께서도 함께 하는 것 같으니……."

"신비공자는 또 누구요?"

"그분은……."

"거기까지."

옆쪽에서 목소리가 들렸다. 소하와 운요가 고개를 돌리자, 그곳에서는 오리구이를 먹고 있는 한 명의 무인이 있었다.

온통 흑의를 차려입고, 어두운 빛으로 도장된 칼집을 탁자에 올려놓은 채 음산한 분위기를 내뿜고 있었다.

"함부로 입을 놀리면 목이 달아날 지도 모른다."

숙수는 그것에 흠칫 놀라며 얼른 뒤로 물러나기 시작했다.

"흠."

운요는 소면을 씹어 넘긴 뒤 어깨를 으쓱였다. 흑의의 남자는 숙수가 입을 다물자 이제 볼일이 없다는 듯 다시 젓가락을 움직이고 있을 뿐이었다.

"아무튼 여기도 여러 일들이 있구만."

"백영세가……."

소하의 멍한 중얼거림에 운요의 눈이 동그래졌다.

"왜, 아는 사람이라도 있어?"

유원이 떠올랐다.

철옥에서 헤어진 이후로, 그녀를 본 적이 한 번도 없었던 것이다. 아름다워졌던 모습만이 아련하게 기억날 뿐이다.

"네."

"그래? 나중에 한 번 구경이라도 가 보자."

운요는 가볍게 그리 말하고는 다시 식사에 정신을 집중하기 시작했다.

흑의인 역시 어느새 대금을 치르고는, 객잔을 나선 뒤였다.

"잘 먹어둬."

운요의 입가가 살짝 움직였다.

"여기도 눈이 있으니까."

소하의 고개가 끄덕여졌다. 그렇다. 소하와 운요는 이미, 자신들을 주시하고 있는 누군가에 대해 느끼고 있었다.

'어떻게 지내고 있으려나.'

아무쪼록, 그녀와 백영쌍랑이라 했던 두 명이 무사히 지내기를 바랄 뿐이었다.

*   *   *

"수많은 자가 모이고 있군요."

"계획대로군."

호화롭게 장식된 방, 그 안에서 남자는 그렇게 중얼거렸다.

길게 길러 가지런히 묶은 머리, 그리고 금색 수실을 수놓은 백의는 먼지 한 점 없이 깔끔하게 정리되어 있었다.

백영세가는 호북에서 가장 큰 명성을 자랑하는 세가다. 상단(商團)을 운영해 많은 수익을 올렸고, 호북과 다른 지역을 연결해 판매하는 방식을 취하는 것으로 무인의 가문임에도 불구하고 거상(巨商)이라 불릴 정도로 몸집을 불리는 데에 성공한 곳이었다.

또한 가문의 비전무공 역시 강한 힘을 자랑했기에, 그들은 다른 이들에게 무시당하는 일 없이 지금까지 세가를 유지해 올 수 있었다.

서 있던 이는 그 목소리에 고개를 끄덕였다.

"전부 가주님의 힘입니다."

"마원(馬遠). 나이가 드니 흰소리가 늘었어."

픽 웃은 젊은 남자는, 이윽고 몸을 돌려 자신의 앞에 놓인 찻잔을 붙잡았다.

이자가 바로 무림에 연백룡이라 불리며, 봉문했음에도 불구하고 백영세가의 명성을 드높이고 있는 백류영이었다.

"그가 있기 때문이겠지."

백류영은 백영세가 사상 최초로, 이십대의 젊은 나이에 가주가 된 자였다. 수려한 외모와 강한 무공, 그리고 세가의 힘을 불린 수완 때문이다.

마원이라 불린 자는 조용히 고개를 숙이며 말을 이었다.

"수십 년간 세가를 모셔왔지만, 가주님만 한 재능을 이런 나이에 개화(開花)한 분은 없었습니다."

백류영은 옥안(玉顔)에 미소를 지으며 눈을 돌렸다.

"새로운 시대가 열렸지. 과거의 고수들은 모두 역사의 뒤안길로 사라지고… 새로운 인물들이 여럿 출현하고 있어."

그렇다. 시천월교의 동란 당시 무림에 쟁쟁한 명성을 떨치던 이들의 대부분이 죽었다. 심지어 무림의 절대자라 불리던 천하오절 역시 모조리 사라지고 말았지 않는가.

천회맹이라 불리는 조직, 그리고 젊은 고수들의 결속은 어찌 보면 당연한 일이었다.

백영세가 역시 그에 뒤처질 수는 없었고, 시천월교 멸망 이후 세가의 세력을 더욱 넓혀 호북만이 아니라 무림제일세가로 인정받는 일을 꿈꾸고 있었던 것이다.

마원의 얼굴이 어두운 빛이 어렸다.

"하지만 모두를 신뢰하지는 마시길… 저는 정체를 숨기는 자를 가까이 두는 게 걱정이 됩니다."

"본디 서로가 서로를 이용하는 게 무림이지."

자신감이 가득한 말이다. 백류영은 차를 한 모금 마시며 조용히 고개를 기울였다.

"그는 자신의 힘을 증명해 보이기를 원하고 있고, 우리는 인재가 필요해. 빈객(賓客)이란 언제나 반가운 법이지."

"하나……."

마원의 말이 다 끝나기도 전, 문을 두드리는 소리가 울렸다.

두 명이 조용해진 순간, 문이 열리며 그 안에선 무복을 단정히 차려입은 거한이 들어섰다.

백영쌍랑 중 한 명인 곽위였다.

"가주, 인사드립니다."

"왔는가."

백류영은 몸을 돌리며 의자를 권했다. 그것에 마원은 자연스레 인사를 올린 뒤 옆으로 이동했다. 방금 그들이 나눴던 대화는, 타인에게 함부로 알게 할 수 없는 것이기 때문이다.

마원이 구석에 가서 서자, 곽위는 굳은 표정으로 백류영을 바라보았다.

"제가 오늘 이곳에 온 이유를 알고 계시리라 생각합니다."

"그럼 내가 어떤 답을 할지도 알고 있겠군."

곽위의 표정이 단박에 일그러졌다. 서슴없이 냉정한 말을 내뱉은 백류영 때문이다.

"백영세가가 굳이 그런 일을 벌일 이유가 없습니다."

"우리가 아직까지도 시천월교가 동란을 벌이기 이전의 세력을 갖고 있다 생각하는가?"

"가주."

곽위는 후우 하고 길게 숨을 내뱉었다.

"아가씨는 가주를 대신해서 철옥으로 향했습니다."

"곽위!"

마원의 고함이 터져 나왔다.

"불경한 말을 삼가라!"

그러나 곽위는 그를 무시한 채, 조용히 백류영을 바라보고 있을 뿐이었다.

"여인의 몸으로 시천월교의 총본산이었던 천망산에 계셨단 말입니다."

"알고 있지."

백류영은 찻주전자를 들어 자신의 잔에 차를 따랐다.

"그렇기에 내 이번에 유원이를 위하는 것이 아니겠는가."

"그것이 어째서 위하는 일입니까!"

곽위는 주먹을 꽈악 움켜쥐었다. 그의 눈은 격정으로 일렁이고 있었다.

"아가씨의 마음을 헤아리신다면……!"

"가주의 명에 불복하느냐!"

마원이 인상을 찡그리며 앞으로 나서려 했다. 그의 손에는 벌써 내공의 기운이 스멀스멀 감돌고 있었다.

"내공도 없는 놈이……!"

곽위의 눈이 일그러졌다.

"이전 같았으면 넌 두 합도 받아내지 못했을 거다. 마원."

그 말에 마원은 어깨를 움찔거렸다. 사실이었다. 백영쌍랑은 백영세가의 힘을 지탱하는 두 명의 고수였기 때문이다.

"자네들 덕에, 나는 내공을 잃지 않을 수 있었네."

백류영은 두 명의 신경전에도 아무렇지 않다는 듯 중얼거렸다.

"그 은혜는 절대 잊을 수 없지."

"그렇다면 아가씨를 자유롭게 해주십시오."

"안 돼."

곽위는 이를 꽉 악물었다.

"세가의 인물들은 모두 세가를 위해 존재한다."

백류영의 두 눈에서 형형한 빛이 흘렀다. 백영세가의 내공 심법인 천백공(闡白功)을 사용할 때 나타나는 독특한 모습이었다.

"그대들의 평생을 보증해 주었다. 유원이 역시, 내 뜻대로 움직이게 하지만 백영세가는 언제나 그 아이의 뒤에 서 있을 것이다."

"하지만……."

곽위는 떨리는 손을 억지로 세우며 말을 이었다.

"그건 아가씨의 바람이 아닙니다."

"세가의 원(願)이다."

더 이상의 말을 불허한다는 듯, 백류영은 차디찬 목소리를 이었다.

"그 아이도 이미 알고 있을 것이다."

결국 더 이상 말을 이을 수는 없었다. 곽위가 고개를 숙이자, 백류영은 슬쩍 옆쪽을 쳐다보았다. 세가의 화원(花園)에는 수많은 꽃이 아름다운 자태를 빛내며 피어 있었다.

"모든 것은 세가를 위해서다."

그를 위해서라면 피를 나눈 혈육이라고 해도 이용할 수 있었다.

*   *   *

"하오문 호북 지부에 오신 걸 환영합니다."

젊은 여성 둘이 공손히 인사를 올리자, 소하와 운요는 고개를 끄덕이며 안으로 들어섰다. 패를 내밀자, 이미 그들은 전해줄 정보를 가지고 있는지 얼른 주루 안으로 들어서는 모습이었다.

하오문 호북 지부는 호북성에 있는 여러 주루들을 중심으로 운영되는 모양이었다. 그래서인지 이전의 영화루처럼, 이곳역시 한 주루를 본거지로 삼아 영업을 겸하고 있었다.

"청성신협이잖아?"

"그 신진고수 말인가? 역시 그도 이곳에 왔군……."

"형이 유명한가 봐요."

소하의 목소리에 운요는 부끄럽다는 듯 뺨을 감싸며 고개를 숙였다.

"제갈세가 놈이 주절주절 떠들어댄 탓이지."

몇 명의 무인이 운요에게 말을 걸어보고 싶었는지 그들의주변을 기웃거리는 것도 보였다.

잠시 그것을 구경하던 소하는 고개를 갸웃거리며 그에게 물었다.

"그런데 무명(武名)이란 건 어떤 식으로 지어지는 거예요?"

"지금처럼 나는 전혀 모르는데 다른 사람들이 알아서 떠들때가 많고, 뭐 자칭하는 사람들도 있지."

무림에서의 명성은 재화(財貨)와도 같다. 그렇기에 다들 어떻게든 업적을 세워 다른 이들에게 자신을 알리고 싶어 하는 것이다.

신기한 일이다. 소하는 그런 데에는 전혀 관심이 없었기에 고개만 끄덕이고 있을 뿐이었다.

조금 더 기다리자 여인들이 나와 그들에게 밀봉된 서신을 넘겨주었다. 아마도 염노가 부탁한 정보들은 그들의 움직임을 따라 근처의 하오문 지부에 배달되고 있는 모양이었다.

'마치 꿰뚫어본 것만 같군. 대단해.'

운요는 속으로 그리 감탄하며 서신을 소하에게 넘겨주었다.

"그런데 하나만 더 묻겠소만."

"예, 말씀하시지요."

여인은 빙긋 미소를 지었다. 기녀와 같이 요란한 화장을 하거나 하지는 않았지만, 무언가 알 수 없는 요염함이 흐르는 여인이었다.

"이곳에 대체 무슨 일이 있기에 사람들이 이리도 몰려든 것이오?"

"어머."

그녀는 소매로 입가를 가리며 고개를 갸웃거렸다.

"정말로 모르시는 건가요?"

"우린 그냥 지나가는 길이었을 뿐이지, 딱히 이곳에 관심이 있는 건 아니오."

그녀는 기이하다는 듯 소하와 운요를 번갈아 쳐다보았다.

"이곳에 오신 대부분의 분들과는 다르시군요."

두 명의 시선에 여인은 잠시 주변을 둘러보았다. 다행히 주루는 많은 손님 때문에 소란스러워 쉬이 이야기가 흘러나갈 것 같지는 않았다.

"백영세가가 무림에 재차 출도를 선언할 거라고 하더군요. 내일 정오를 지나서 말이죠."

"흠. 하긴 그 정도의 세가가 진작 그러지 않은 게 이상했지."

백영세가는 호북에서 세력을 넓혀, 이미 다른 지역까지 그 이름을 널리 알린 곳이다. 시천월교의 동란 당시 여타 거대문파와 같이 문을 닫아버렸던 것을 이제 개방한다는 것도 이해할 만했다.

"친해지고 싶다는 자들이 있다는 건 알겠소만… 대체 이리도 몰려든 이유는 뭐요?"

"뭐, 장차 있을 비무제(比武祭)를 준비하기 위해서이기도 하겠지만… 제일 큰 건 백영일화(栢永一花)께서 나오시기 때문이겠죠."

"백영일화라면… 아, 들어본 적이 있군."

운요는 고개를 끄덕였다.

"호북제일미라 불리는 여인이던가?"

"솔직한 마음으로는 질투가 날 정도랍니다."

여인은 미소를 지으며 그리 말했다.

"그 여인의 얼굴을 한번 보겠다고 천이 넘는 이들이 몰렸다?"

"물론 그럴 리는 없겠지요. 제아무리 아름다운 꽃이라고 하나, 꺾을 수 없다면 관심을 가지는 이는 드물 것입니다."

"아하."

기녀가 웃으며 고개를 끄덕이자, 운요 역시 알아들었다는 듯 헛웃음을 지을 뿐이었다.

"비무초친(比武招親)인가."

"아마도 그렇겠지요."

"비무초친?"

뒤에서 소하의 물음이 들렸다.

"비무를 벌여 사윗감을 모집한다는 뜻이지."

"백영세가에는 지금 뛰어난 무인이 하나라도 더 필요한 상황이니까요."

"그럼 그 호북제일미……."

운요는 턱을 문질렀다.

"백유원이란 소저를 얻기 위해 이리도 모여들었던 거로구만."

그 이름.

그것에 소하의 눈이 휘둥그렇게 커지고 말았다.

*　　　　*　　　　*

"죄송합니다."

곽위는 잔뜩 굳은 표정으로 탁자에 앉아 있었다.

자신의 생각과는 전혀 다르게 일이 진행되고 있다. 더군다나 백류영이 너무나 완고해 도저히 생각을 바꿀 것 같지도 않았다.

"오라버니께서는 그런 결정을 내리실 수밖에 없었겠지요."

그는 차마 고개를 들지 못했다. 지금 창가에서 꽃에 물을 주고 있는 여인이 어떤 생각을 하고 있을지는 보지 않아도 알 수 있었기 때문이었다.

그녀는 더 아름다워져 있었다.

마치 새하얀 눈을 빚어 만든 것만 같은 팔이 유려한 곡선을 그리며 물뿌리개를 내려놓았다.

이전에도 그녀는 알 수 없는 신비로운 분위기가 감돌던 사람이었지만, 백영세가로 돌아온 뒤에는 청초함이 담뿍 느껴지고 있었다.

어지간한 남자는 제대로 된 마음가짐 없이는 그 눈을 마주 보지조차 못한다. 백영세가에는 벌써 수많은 무인이 그녀와의 혼약을 부탁하기 위해 드나든 뒤였다.

"세가를 위해서."

"그리 말하셨습니다."

유원은 안타까운 듯 희미하게 숨을 내뱉었다. 하지만 이미 그녀는 일이 그렇게 진행될 것이라 예상하고 있던 터였다.

"너무 나서지는 말아줘요. 행여나 오라버니의 주변인들이 아저씨들에게 위해를 가할지도 모르는 일이니까."

그렇다.

백영쌍랑은 전대 가주가 있던 시절, 세가의 직계를 제외하고는 백영세가에서 그 누구도 감히 말을 붙일 수 없던 자들이었다. 그러나 그들은 철옥에 갇힌 뒤로 내공을 잃었고, 그 힘역시 자연스레 약화되었다.

발톱과 이빨이 빠진 범은 잡혀 가죽이 벗겨질 수밖에 없는 노릇이다. 유원은 그것이 두려웠다.

"주변에 수많은 무인이 모여들었습니다."

제대로 바깥에 드나들지도 않았음에도 호북제일미라 불리게 된 유원을 구경하기 위해서, 그리고 문파를 대표해 장차 있을 비무초친에 참석하기 위해서다.

"비무초친이라니."

옆쪽에 앉아 있던 정욱은 노기 섞인 목소리로 그리 중얼거렸다. 아무리 백류영이 가주라고는 해도 친혈육을 그런 식으로 내칠 줄은 몰랐기 때문이다.

사실상 그녀를 도구로 이용하겠다는 말이나 다름없었다. 백영세가의 재출도를 선언하며, 힘이 강한 문파나 무인을 세가에 편입시키겠다는 생각인 것이다.

"낡아 빠진 풍습을……."

"별수 없는 일이죠."

유원은 천천히 걸음을 걸어 물뿌리개를 내려놓았다. 곧 시녀가 옆쪽에서 찻잔을 가져오자, 그녀는 탁자에 앉아 곽위와 정욱에게 차를 따라주었다.

"무가(武家)의 여인들이 겪어야 하는 숙명(宿命)이 있다는 건 다들 아시잖아요."

"하지만 경우가 다릅니다."

곽위는 입술을 깨물었다. 그 역시 시간이 지나 탄탄하던 근육은 많이 물러졌고, 살도 올라 이전과 같은 무서운 모습은 찾기 어려워진 터였다.

"아가씨는 도련님을… 가주를 대신해 철옥으로 향하셨습니다. 목이 터져라 충성을 노래하던 저들은 그때, 아무것도 하지 않고 숨어 있을 뿐이었죠."

그들은 유원이 철옥으로 떠나자마자 다시 나타나 아부를 시작했다. 백류영은 그러한 자들 사이에서 자라난 것이다.

"은(恩)을 모르는 자는, 대업(大業)을 진행할 수 없습니다."

"그걸 빚이라고 생각지는 않아요."

"억지로라도 그리 말해야 합니다. 이런 식의 혼인은… 아가씨의 평생을 괴롭게 만들 겁니다."

비무초친이라 하면 서로 무를 겨뤄, 가장 강한 자를 유원과 결혼시켜 세가의 일원으로 편입시키는 것이다. 그리고 모여든 이들 중, 강한 무인들은 이미 백영세가 내에도 알려져 있었다.

"추력수(抽力手) 철파(撤跛)란 자는 전 부인을 때려죽였다고 해서 악명이 높은 자입니다."

그러나 그는 전 무림에 그 이름이 자자한 고수다. 그렇기에 사소한 언쟁이 붙었다는 이유로 부인을 죽였어도, 아무도 그에게 무어라 하지 못했다.

"곡사(哭邪)라는 무명을 쓰는 자 역시 창법의 달인이지만… 소녀들을 겁간해 시체를 유기하는 짓거리를 해댄 자이기도 하지요."

"위, 그만하게."

정욱의 목소리에 곽위는 꽉 주먹을 움켜쥐었다.

"가주는 이런 자들에게도 서슴없이 아가씨를 넘길 겁니다!"

유원은 쓸쓸한 표정을 지을 수밖에 없었다.

"숙명(宿命)이란."

모두가 입을 꾹 다물었다.

"피할 수 없기에 그러한 이름이 붙은 거죠."

유원은 눈을 들어 모두를 바라보았다. 마치 구름 한 점 없는 날의 밤하늘을 보는 것처럼, 그녀의 눈은 보는 사람을 끌어당기는 마력(魔力)이 있었다.

그들이 무언가를 바꿀 수는 없다.

이미 곽위와 정욱도 느끼고 있었다. 백영세가는 전대 가주가 죽은 뒤부터, 백류영의 것이나 다름없었다. 그런 그에게 반론을 제시한다면 즉시 백영세가의 인물들은 이를 드러내고 덤벼들 것이다.

"전 그래도 행복한 편이죠. 그 철옥에서의… 사람들에 비할 수 없다는 걸 아시잖아요."

"아가씨는 그때보다 더 어른스러워지셨죠."

정욱의 목소리에 유원은 살풋 웃어 보였다. 이전이라면 투닥거리며 날카로운 말을 쏟아냈을 말괄량이는 이제 이들 앞에서 여유를 부릴 정도로 심성이 고운 여인으로 자라났던 것이다.

"전 아저씨들을 잃고 싶지 않아요."

백영세가는 위험한 곳이다. 더군다나 여인의 몸으로 살아남기에는 더더욱 말이다.

그런 유원을 지켜준 건 다름 아닌 백영쌍랑이었다. 그들은 심지어 무림에서 그들을 살아남게 해주었던 내공마저도 버린 채 유원을 지키려 했다.

그 은혜를 절대로 잊을 수는 없었다.

"…아직 시간은 좀 더 있습니다. 전 그동안 가주를 계속 설득해 보지요."

"위험하게 된다면, 아무 말도 하지 말아야 해요."

곽위의 입가에 웃음이 흘렀다.

"점점 그분을 닮아가시는군요."

"어머니께서도 그러셨나요?"

"누군가를 위한다는 것을 아시는 분이셨습니다."

곽위는 그리 말한 뒤 자리에서 일어났다. 그들의 움직임은 모두 감시당하고 있었기에, 너무 오래 유원의 처소에 있으면 뒷일이 안 좋을 수도 있기 때문이었다.

"먼저 나가보겠습니다."

"아, 그리고……."

유원의 부름에 나가려던 두 명이 멈췄다.

"부탁하신 일이라면, 이 친구가 처리해 놓았습니다."

"쟁반 밑을 보시지요."

정욱은 그리 말한 뒤 고개를 숙여 보였다. 그녀의 요청을 비밀리에 처리하기 위해, 최대한 심혈을 기울였던 것이다.

쟁반 밑에는 조그마한 서신 하나가 붙어 있었다.

"고마워요."

"쉬고 계시길."

두 명은 밖으로 나서며 슬쩍 주변을 훑어보았다.

"은신이 저열하군."

곽위의 말에 정욱은 픽 웃음을 지었다.

"그럴 필요조차 없다는 뜻이겠지."

두 명. 그들을 감시하는 자들이 있었다.

아무리 그래도 세가의 직계인 유원의 방을 훔쳐볼 수는 없는 일이기에, 후원에서 계속 그들을 감시하고 있었던 모양이다.

"찾으시는 건, 그 소년이었나?"

이전 유원을 구해줬던 소하. 그 이름을 계속해서 하오문을 포함한 여러 정보 단체에 의뢰해 쫓고 있었던 것이다.

"그렇지. 하지만… 아직까지는."

애초에 소하는 절벽으로 떨어져 내렸다고 한다. 천망산의 싸움이 있고 꽤나 시간이 지나 버렸기에, 사실상 소하가 죽었다고 생각하는 게 옳았다.

"연정이라 생각하나?"

"그럴 수도 있겠지. 다만… 나는 걱정이 돼."

정욱은 쓸쓸하게 옆을 바라보았다. 후원에는 수많은 꽃이 아름답게 피어 있었다. 유원이 이곳에 온 직후부터 계속 가꾸고 기른 탓이다.

그녀는 밖으로 한 걸음도 나가보지 못했다.

"그 소년이 아가씨가 마음을 기댈 장소였을지도 모르는 일이니 말이야."

소하가 죽었다는 추측을 말할 수는 없었다.

어쩌면 그녀는 아슬아슬한 절벽 위에 서 있는 것일지도 모른다.

정욱의 목소리에 곽위는 한숨을 내뱉었다.

"이제 겨우 그렇게나 괴로운 곳을 빠져나왔다고 생각했건만."

평화롭다.

백영세가의 뜰에는 그 누구도 들어올 수 없었기에, 고요함이 흐를 뿐이다. 후원의 가운데에 마련된 연못에서는 물고기 몇 마리가 꼬리를 흔들며 헤엄치고 있었다.

"이곳도 다를 바가 없군."

그러나 그 이면(裏面)을 알기에 그는 허탈하게 그리 중얼거릴 수밖에 없었다.

＊　　　＊　　　＊

유원은 가슴에 손을 얹으며 숨을 들이켰다.

늘 그랬다. 서신을 뜯을 때면, 저도 모를 기대감에 숨이 가빠지곤 했다.

하오문을 포함해 여러 정보기관에 그의 정보를 의뢰해 보았지만, 이름 두 글자만을 알고 뒤를 캐기엔 너무나도 부족한 점이 많았다.

'애초에 소하란 이름을 가진 사람만 해도 수천이 넘으니.'

그녀는 한숨을 내쉬며 서신을 펼쳐 보았다. 이런 식으로 정욱을 통해 여러 번 정보기관을 사용해 보았지만, 결국 내용은 모두 똑같았다.

정보가 부족해 확인이 불가하다는 것. 더군다나 천망산에서 발견된 소하라는 이름의 무림인은 전무했다.

"역시 그렇구나."

그녀는 서신을 내리며 쓸쓸한 표정을 지었다. 이 방에 갇히

다시피 생활한 지도 꽤 시간이 흘렀다.

부족한 것은 없다. 먹고 싶은 것을 먹을 수 있고, 입고 싶은 것을 입을 수 있다.

하지만 그때만큼 자유롭지 못하다.

웃지 못한다.

그렇기에 단 한 번만이라도, 아니면 서신으로라도 그의 소식을 알고 싶었다.

어떻게 살아가고 있는지 궁금했다.

서신을 꽉 쥔 유원은 이내 허공을 쳐다보았다.

가끔씩 이렇다. 무언가가 막혀 버려, 어디로도 가지 못하고 헤매는 느낌. 이곳에 온 뒤부터 그녀는 늘 이런 기분을 느껴 왔다.

입을 벌리면 그대로 감정이 흘러, 더 이상 돌이킬 수가 없어져 버릴 것만 같았다.

"괜찮아."

그녀는 스스로에게 그리 말했다.

자신의 미래는 자신이 그려 나갈 수 있는 게 아니다. 백영 세가의 숙명에 따라 움직일 뿐이다.

어머니 역시 그러했으니까.

"괜찮아."

그렇게 자신에게 속삭이는 것밖에, 남은 일은 없었다.

유원은 눈을 감았다.

마치 눈을 감았다 뜨면, 다시 그때의 목소리가 들릴 것만 같았다.

"소하."

그녀의 입에서 계속 잊지 못하는 소년의 이름이 흘러나왔다.

『광풍제월』 5권에 계속…

초대형 24시 만화방

신간 100%, 샤워실, 흡연실, 수면실(침대석), 커플석, 세탁기 완비

■ 강북 노원역점 ■

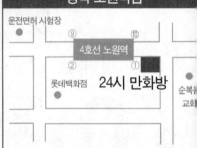

서울 노원구 상계동 340-6 노원역 1번 출구 앞 3층
02) 951-8324 (화용빌딩 3층)

■ 일산 정발산역점 ■

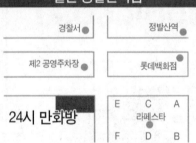

라페스타 E동 건너편 먹자골목 내 객잔건물 5층
031) 914-1957

■ 일산 화정역점 ■

경기도 고양시 덕양구 화정동 984번지 서일빌딩 7층
031) 979-4874 (서일사우나 건물 7층)

■ 부천 역곡역점 ■

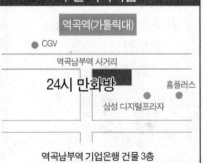

역곡남부역 기업은행 건물 3층
032) 665-5525

■ 부평역점 ■

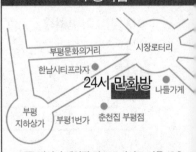

(구) 진선미 예식장 뒤 보스나이트 건물 10층
032) 522-2871

이경영 판타지 장편소설

FANTASY FRONTIER SPIRIT

그라니트
용들의 땅

GRANITE

사고로 위장된 사건에 의해 동료를 모두 잃고 서로를 만나게 된 '치프'와 '데스디아'.
사건의 이면에 상식을 벗어난 음모가 있음을 알게 된 둘은
동료들의 죽음을 가슴에 새긴 채 각자의 고향으로 돌아간다.
2년 후, 뜻하지 않게 다시 만난 두 사람은 동료들의 복수를 위해
개적용역회사 '그라니트 용역'을 설립해 다시금 그 땅을 찾게 되는데……

용들이 지배하는 땅 그라니트!
그곳에서 펼쳐지는 고대로부터 이어지는 운명적 만남,
깊어지는 오해, 그리고 채워지는 상처.

『가즈 나이트』시리즈 이경영 작가의 미래형 판타지 신작!

Book Publishing CHUNGEORAM

FUSION FANTASTIC STORY

인기영 장편소설

리턴 레이드 헌터
Return Raid Hunter

하늘에 출현한 거대한 여인의 형상……
그것은 멸망의 전조였다.

『리턴 레이드 헌터』

창공을 메운 초거대 외계인들과
세상의 초인들이 격돌하는 그 순간.
인류의 패배와 함께 11년 전으로 회귀한 전율!

과연 그는, 세계의 멸망을 막을 수 있을 것인가.

**세계 멸망을 향한 카운트다운 속에서 피어나는
그의 전율스러운 이야기!**

Book Publishing CHUNGEORAM

유행이 아닌 자유추구 -
WWW.chungeoram.com